Eva Maria Schalk

ZuHause

Flucht, Liebe, Musik…
…sind grenzenlos

TWENTYSIX

Motivation und Widmung
*Joseph Mohr, der Textdichter des Liedes „Stille Nacht! Heilige Nacht!", schrieb vor 200 Jahren die sensiblen und einfühlsamen Strophen für das weltberühmte Lied, welches eine große Friedenssehnsucht ausdrückt.
Damals war gerade eine enorme Auswanderungswelle: Tausende von Europäern, die an den Folgen der Napoleonischen Kriege und der wirtschaftlichen Not durch den Vulkanausbruch Tambora litten, sind nach Südrussland und in die Vereinigten Staaten von Amerika geflüchtet.
Gestern, heute, morgen, immer wieder sind Menschen auf der Flucht, weil sie durch die Wirren eines Krieges oder durch eine wirtschaftliche Not ein neues Zuhause suchten oder suchen.
Diesen Menschen widme ich dieses Buch.*

1818 wurde das weltberühmte Weihnachtslied (Musik von Franz Gruber) erstmals in Oberndorf bei Salzburg öffentlich gesungen.

Bibliografische Information der Deutschen Nationalbibliothek:
Die Deutsche Nationalbibliothek verzeichnet diese Publikation
in der Deutschen Nationalbibliografie, detaillierte bibliografische
Daten sind im Internet über dnb.dnb.de abrufbar.

TWENTYSIX - Der Self-Publishing-Verlag
Eine Kooperation der Verlagsgruppe Random House und
BoD-Books on Demand

© 2017 *Eva Maria Schalk*
Cover-Bild („Liebespaar" Acryl): Ingrid Kainz
www.arthofer.com/Ingrid-Kainz

Herstellung und Verlag
BoD-Books on Demand, Norderstedt
ISBN: 978-3-7407-3015-4

Eva Maria Schalk

ZuHause

Flucht, Liebe, Musik…
…sind grenzenlos

Roman

TWENTYSIX

Weihnachten 1833 in Hintersee

Joseph Mohr und die Wilderer

Das tief verschneite Dorf Hintersee, friedlich, so schien es, lag im Winterschlaf.
Die Dorfstraße war eine Pferdespur breit freigeschaufelt und die sehr schmalen Seitenwege, die zu den einzelnen Häusern führten, wurden von hohen Schneemauern eingegrenzt, sodass die Bewohner nur vom ersten Stock aus die schneebedeckten Dächer der anderen Häuser sehen konnten.
Winterschlaf? Keine Spur!
Zwei Wilderer, die schwere Leinensäcke auf dem Rücken schleppten, schlichen spätabends zum Pfarrhaus, immer wieder wendeten sie ängstlich ihre Köpfe, um sicher zu sein, dass sie nicht entdeckt oder gar verfolgt werden.
Endlich kamen sie im Pfarrhaus an, rissen die Tür auf und rumpelten mit ihren genagelten, schneeverklebten, hohen Lederschuhen durch den Flur.
Die schmale Holztreppe hinauf in den ersten Stock und da kam ihnen auch schon der Vikar Joseph Mohr entgegen.
Auf der Kommode stand eine Kerze, die das Stiegenhaus beleuchtete. Mohr nickte den Männern freundlich zu, nahm die Kerze und ging über die steile Holztreppe, die in den Dachboden führte, den beiden voraus.
Als Mohr oben ankam, half er Sepp, dem Jüngeren den schweren Sack abzulegen. Plötzlich gab es ein lautes Gepolter: Lois, der Ältere, rutschte aus, fiel die ganze Treppe hinunter und blieb liegen. Mohr schob Sepp aufgeregt zur Seite und eilte zu Lois. Der aber lachte nur, rappelte sich schnell wieder auf und sagte: „Kreizkruzifix! Die, die verdammten,

bleden Schuach!" Mohr faltete die Hände. „Fluch nicht." Dann meinte er besorgt: „Hast du dir wirklich nicht wehgetan?" Lois wollte stampfend die Schuhe vom restlichen Schnee befreien, doch Mohr hinderte ihn daran. Mit Hilfe eines Kerzenlöschers befreite er sorgfältig die Schuhsohlen von den lästigen Schneeklumpen.
Dann schob er den kräftigen Mann die Treppe hinauf, schmunzelte ein wenig, deutete auf seinen mit Rehfleischstücken gefüllten Leinensack und sagte leise: „Hast Glück gehabt, warst gut gepolstert!"
Die Wilderer lachten, legten die Beute auf einen großen Tisch und fingen an die leicht gefrorenen Tierteile, sie lagen eine Nacht unter einem Heustadl, zu sortieren und in alte Leinentücher einzupacken.
Mohr dachte sich: Hoffentlich geht alles gut und hoffentlich machen die beiden keinen Fehler.
Der Priester hatte bereits auf einem Zettel die Namen von den Ärmsten, die im Dorf lebten, notiert. Mehr als die Hälfte der Bewohner waren sehr arm. Der Wirt, drei größere Bauernhöfe und einige Familien, die mit der Jagd und dem Holzhandel zu tun hatten, zählten zu den besser Situierten.
Mohr wusste zu gut, wieviele Menschen kaum etwas zu essen hatten und an Hunger litten. Vor allem wenn Kinder im Haus waren, und es gab etliche in Hintersee, dann schmerzte Joseph Mohr die Armut besonders.
Lois steckte den Zettel der Namen in seine Rocktasche und nun sah er Mohr herausfordernd an. Mohr legte einige Kreuzer auf den Tisch. „Das muss reichen, ich hab nicht mehr. Für jeden etwas!" Fragend schaute er beide an. Sie griffen gierig nach dem Geld, zählten es, zögerten, aber nickten dann

doch zustimmend. Mohr nahm ein Fleischpaket und sagte bestimmend: „Das liefere ich selbst." Die beiden Männer sahen sich an und grinsten verstohlen.
Der Pfarrer wartete bis die beiden außer Sichtweite waren, warf seinen Umhang über, versteckte darunter das Fleischpaket und stapfte in die Nacht hinaus.
Als er beim Haus seiner Geliebten ankam, hörte er das kleine Mädchen bitterlich weinen, er stürmte in die Küche, von wo das Weinen herkam. Doch plötzlich war alles mucksmäuschenstill und er konnte auch nirgends das Kind entdecken. So verließ er die Küche wieder und das jämmerliche Weinen begann von neuem. Verflixt, dachte Mohr sich, es kommt ja doch aus der Küche. „Also, was ist denn da los?", fragte sich Mohr mit halblauter Stimme und brummelte: „Ich habe das Mädchen nicht gesehen!" Mohr betrat neuerlich die Küche, dann war das Kind wieder still, weil es auf Befreiung hoffte.
Er suchte alles ab und dann plötzlich entdeckte er die Kleine in einem leeren Krautfass. Er kniete sich hin, holte die verweinte Anna heraus und drückte sie sanft an sich. Anna gurrte und lächelte ihn an, er stupste zärtlich ihr rotziges Näschen und säuberte es sorgfältig mit seinem Taschentuch. „Mein kleines Mädchen, was machen sie denn mit dir?" Mohr summte das Lied „Stille Nacht! Heilige Nacht!" und liebkoste es. Die Tür ging auf und Theresa kam hereingestürmt. Erleichtert, dass alles in Ordnung war mit ihrer Anna, lachte sie Mohr an. „Ich musste in den Stall, die Mutter ist krank und liegt im Bett und der Vater ist wieder einmal beim Wirt!" Sie küsste Mohr und nahm ihm die Kleine ab. Er umarmte beide innig.
„Kann ich einen Sprung zu deiner Mutter gehen?"

„Ich glaube sie schläft gerade ganz gut. Soll ich nachschauen?"
„Nein, nein, dann lassen wir sie schlafen. Was hat sie denn?"
„Halsweh, Husten und Fieber, sie zieht sich nie gut an und arbeitet viel zu viel."
„Lass sie schön grüßen von mir!"
Theresas Mutter putzte und kochte manchmal im Pfarrhaus und Mohr pflegte einen guten Kontakt zu ihr. So hatte er auch Theresa kennengelernt, die manchmal ihrer Mutter bei den Arbeiten behilflich war.
Theresa war die Jüngste in der Familie des Labauern, sie hatte noch zwei größere Brüder. Da gab es den Jakob, den Erstgeborenen, der einmal den Hof übernehmen sollte und dann gab es den Hans. Hans arbeitete im Messingwerk in der Ebenau und Jakob fallweise als Triftknecht in der naheliegenden Strubklamm. Um den Jakob sorgte sich immer die ganze Familie, denn der Beruf als Triftknecht war sehr gefährlich. Die starken und tapferen Männer hingen mit einer Hand an einem 90 Meter langen Seil und mit der anderen Hand lösten sie mit einem Trifthaken die Verklausungen der riesigen Holzstämme und unter ihnen lag drohend die gefährliche Schlucht. Bei dieser harten Arbeit ist so mancher Holzarbeiter abgestürzt.
Das Holz wurde für den Halleiner Salzbergbau verwendet, der immer große Mengen an Sudholz benötigte.
Und so begann im Auftrag der Salzburger Kirche bereits im 12. Jahrhundert im Gebiet von Hintersee eine rege Ansiedelung und Rodungstätigkeit.
Jakob war es auch, der Theresa und die kleine Anna immer wieder unterstützte. Außerdem spielte er den Liebesbriefträger für seine Schwester. Joseph

Mohr schätzte den offenen und lustigen, kräftigen Naturburschen Jakob sehr, er war ihm ein guter Freund geworden. Mit ihm konnte er oft scherzen und sehr herzlich lachen.

Als Mohr auf dem Heimweg war, glitten seine Gedanken nach Salzburg ab, in die Stadt seiner Kindheit und er erinnerte sich an seine liebe Mutter. Sie hatte es damals nicht einfach, war er doch eines von mehreren ledigen Kindern. Seine Mutter, die ebenfalls Anna hieß, ermöglichte ihm trotz der Armut eine sehr liebevolle Kindheit. Manchmal karg, doch das zählte für Joseph Mohr nicht. Doch vor allem durch die finanzielle Unterstützung des Salzburger Domchorvikars Johann Nepomuk Hiernle, der schon bald das musikalische Talent des heranwachsenden Joseph erkannte, war es ihm möglich, ins Gymnasium und später ins Priesterseminar zu gehen. Joseph Mohr wirkte auch als Sänger und Violinist an den Chören der Universität und des Benediktinerstiftes St. Peter mit.

Der gut 30-jährige Priester seufzte plötzlich tief: In Salzburg war er immer sehr glücklich. Hier in der Pfarrgemeinde Hintersee, obwohl er viele gute Kontakte aufgebaut hatte, schon über sechs Jahre, fühlte er sich nie so richtig heimisch. Er fragte sich: Vielleicht ist es die heimliche Liebe zu Theresa? Die Angst entdeckt zu werden? Die Sorgen um viele Menschen hier, die nur Not kennen? Das enge Tal? Er betreute fast 300 Katholiken. Dem sozial sehr engagierten Priester fehlten aber vor allem die Anerkennung in seiner Pfarre und manchmal ganz besonders Gespräche mit Gleichgesinnten. Oft dachte er sich es stimme einfach nicht, so wie es ihm gelehrt wurde, dass, wenn man Gott diente und ihn verehrte, so brauche man niemanden mehr.

Durch den Glauben fühlte Mohr sich zwar sehr stark und oft war er über viele Dinge erhaben, doch ihm fehlte ein Zuhause. Zuweilen dachte der hagere, oft kränkliche Mann von kleiner Gestalt sehnsüchtig an seine schöne Stadt Salzburg, an die gute Gemeinschaft im Chor und im Priesterseminar.
Mohr blieb stehen, bestaunte den aufgehenden Mond, den klaren Sternenhimmel und die zauberhafte Schneelandschaft. Mit kraftvoller Stimme sagte er: „Oh Herr, um glücklich sein zu können, brauche ich auch Menschen. Menschen, denen ich vertrauen kann und die ich liebe und verehre!"
Es war Heiliger Abend und noch viel zu früh für die Christmette, der Priester ging zwischen den hohen Schneemauern durch das Dorf, beim Wirt vorbei und dachte dankbar an seine Mutter und an seinen Gönner. Dann schweiften seine Gedanken ab zu Theresa und der kleinen Anna und diese gruben sich tief in sein Herz. Im Frühjahr wird er die beiden nach Salzburg bringen können. Theresa kann in der Dompfarre in der Küche arbeiten. Beim Wegkreuz vor dem Pfarrhaus bekreuzigte er sich und sagte: „Herrgott, ich weiß, das verbotene Schachern mit den Wilderern und vor allem die Liebe zu Theresa sind ein irdisches Versagen, aber ich bin ja nicht der einzige Sünder in unserer großen Schar. Und ich bin unendlich dankbar für diese Liebe und dass du mir eine gesunde Tochter geschenkt hast!"
Trotz der Kälte spürte Mohr Schweißtropfen auf seiner Stirn und wollte sie mit seinem Taschentuch abwischen. Oh Schreck, oh Schreck! Das Tuch hatte er wohl bei Theresa gelassen, er entsetzte sich sehr über seine Vergesslichkeit und Zerstreutheit. Noch dazu mit meinem Monogramm! Wenn das der Bauer sieht, dachte er verzagt.

Der Priester ging auf die Kirche zu, er wollte in Ruhe einige Fürbitten beten und ganz für sich sein. Erstaunt stellte er fest, dass bereits einige Kerzen in der Kirche brannten und dann sah er auch schon seinen Mesner. Fast zornig ging Mohr auf ihn zu. „Was ist denn heut los? Du bist schon vor der heiligen Messe da, ansonsten kommst du immer zu spät!"
Leicht schwankend ging der Hias auf den Priester zu. „Nichts ist ihm recht, aber schon gar, gar nichts!"
Joseph Mohr friedlich: „Schon gut, Hias. Aber du weißt, was eine Kerze kostet", klopfte ihm auf die Schulter und dabei kam ihm eine Alkoholfahne entgegen. „Oh Gott, du hast wieder einmal zu viel in das Glas geschaut!"
Der Hias grinste übers ganze Gesicht und sagte frech: „Jaaaa, und eine ganz, eine nette Gesellschaft hab ich gehabt. Der, der Labauer, der Vater von der Theresa, du weißt schon. Und eine Gaudi wars. Der Wirt hat uns einen Vogelbeerschnaps spendiert. Meine Herren, da fehlt dir dann nichts mehr. Wir haben schon vor der Metten eine Metten gehabt. Und einen Hunger habe ich, auf das Mettenkoch freu ich mich jetzt schon ganz wahnsinnig. Der Vogelbeerschnaps, der, der macht ordentlich Appetit, und wie!"
Joseph Mohr war verärgert. „Hoffentlich kannst noch singen, schließlich hast du als Lehrer und Mesner ein Vorbild zu sein. Für alle."
Grinsend schlapfte der Hias in die Sakristei. Joseph Mohr kniete sich vor dem Altar nieder und murmelte ein paar Gebete, doch er fand keine Ruhe und so verschwand er ins Pfarrhaus. Er ging in seine Küche, bestückte den Kachelofen mit Holz, ließ sich auf der Ofenbank nieder und meditierte.

Noch wusste Joseph Mohr, der Textdichter des Liedes „Stille Nacht! Heilige Nacht!" nicht, dass im nächsten Jahr das Lied durch die Zillertaler Sängergruppe Straßer verbreitet und anschließend weltweit bekannt werden sollte.

Dieses sehr gefühlvolle, friedliche Lied entstand 1818 in Oberndorf bei Salzburg, die Melodie dazu schrieb der Halleiner Lehrer Franz Xaver Gruber nach den gegebenen Textvorlagen von Joseph Mohr.

Zur Mitternachtsmette wurde damals das heute immer noch berühmteste Weihnachtslied der Welt das erste Mal gesungen.

Mohr war in Hintersee wegen seiner gönnerhaften und friedensliebenden Art bei vielen Gläubigen sehr beliebt, aber er wusste zu gut, dass es auch feindselig Gesinnte gab.

Was er zu dieser Zeit nicht wusste, war, dass ihm eine kirchenamtliche Untersuchung wegen nachlässiger Berufspflichten bevorstand und dass ihm auf Grund der Wildfleischgeschichten eine Anzeige wegen Hehlerei ins Haus flattern würde.

Der Geistliche erhob sich von der Ofenbank, streichelte seine Katze und schrieb noch ein paar Notizen für die Predigt. Als er dann später in der Kirche die Kommunion verteilte, sein Lied erklang und er in die Augen seiner Theresa blickte, kämpfte er mit den Tränen und seine Sehnsucht nach einem Seelenfrieden und vor allem nach einem gemeinsamen Zuhause war enorm groß. Die Pfarre Hintersee war bereits seine zwölfte Arbeitsstelle, denn aus gesundheitlichen Gründen wechselte er oft die Plätze und sprang in einigen Gemeinden manchmal als Aushilfspriester ein. So war seine Sehnsucht mehr als verständlich.

Am Abend des anderen Tages, als es schon dunkel

war, huschte eine zierliche Gestalt durch die verschneiten Wege. Es war Theresa, sie hatte für Joseph ein Wildfleischgulasch gekocht und trug in einem kleinen Topf eine Kostprobe ins Pfarrhaus. Heute, so dachte sich die junge Frau, wird der Joseph besonders hungrig sein, weil er in der Faistenau die Messe gelesen hat und einen weiten Fußmarsch bewältigen musste.
Zögerlich öffnete Theresa die Pfarrhaustür, meistens war sie nicht abgeschlossen, weil auch der Mesner in diesem Haus wohnte und der, wenn er betrunken war, nicht mehr aufsperren konnte.
Die bildhübsche, aber sehr schüchterne Frau mit ihren langen dunkelblonden Zöpfen und blaugrauen Augen öffnete die Tür, ging in die Küche und stellte fest, Joseph war noch nicht da. Sie blickte durch das Fenster und schon sah sie ihn. Schnell eilte sie zur Haustür, öffnete sie und strahlte den hereneilenden Mann an. Mohr schob Theresa sanft in den Hausflur, umarmte sie liebevoll und küsste sie innig.
Später verschlang er das Gulasch und ein paar Kartoffeln. „Das schmeckt gut. Köstlich! Ich dank dir sehr herzlich. Ein richtiges Festmahl. Aber du weißt, dass ich auch mit Kartoffeln zufrieden wär."
Theresa nickte fröhlich. „Du musst doch auch von dem guten Fleisch ein bisserl kosten."
Mohr lachte herzlich.
„Wie war es denn in der Faistenau?"
„Du weißt, ich mag die Leut alle, aber es ist schon sehr anstrengend. Alles! Aber Lisl, die Grillwirtin, hat mir heimlich was zugesteckt." Mohr stand auf, holte ein kleines Packerl aus seinem Rucksack heraus und sorgfältig entfernte er das löchrige Leinentüchlein. „Da, schau einmal her, Theresa, ein Stückerl Apfelstrudel. Das nimmst du mit heim."

Die junge Frau strahlte ihn an, Mohr schmunzelte, wickelte den Strudel wieder ein und drückte ihn Theresa in die Hand.

„Dank dir schön, lieber Joseph. Die Mutter hat auch was für dich mitgegeben. Schau her!" Sie hielt ein kleines Glas in der Hand, das mit einem Wachstuch zugebunden war. Mohr nahm es, drehte es nach allen Seiten, doch er konnte den Inhalt nicht erkennen. „Was ist das?"

„Eingelegte Weinbergschnecken, du weißt ja, im Sommer, da haben wir sie massenhaft, sodass wir die Tiere auch in Essig einlegen. Hoffentlich schmecken sie dir."

„Sicher, Theresa! Danke, das ist ja wirklich ganz was Besonderes."

„Und da hab ich noch einen Kletzenbrotscherz für dich."

Mohr liebkoste seine Theresa, lachte sie an. „Kannst du noch ein bisserl bleiben?"

„Nein, ich muss gleich wieder gehen, der Vater, der spinnt schon wieder und..."

Theresa schlug die Hände vors Gesicht und weinte bitterlich.

Joseph nahm sie in die Arme und versuchte sie zu trösten. „Um Himmels willen, was ist denn passiert?" Sie schluchzte kräftig, ihr ganzer Körper bebte. „Er hat gesagt, wenn wir mit unserer Gspusi nicht aufhören", sie deutete auf seine und ihre Brust, „dann redet er mit dem Langreithbauern, du weißt schon, der Bauer, der die Jagdaufsicht hat."

Liebevoll und tröstend meinte Joseph Mohr: „Drei Monate noch, dann kannst du nach Salzburg, dann wird alles besser. Und wegen mir, da mache dir bitte keine Sorgen."

„Aber ich sehe dich dann ganz selten und das tut mir bitterlich weh."

„Ich habe immer eine Mitfahrgelegenheit, mit den Holzhändlern, den Fischern oder auch den Jägern. Sind alles erzbischöfliche Hoflieferanten und bringen mich direkt zu dir nach Salzburg."
Mohr setzte sich mit seiner Geliebten auf die Ofenbank, streichelte sie zärtlich. „Oder ich geh zu Fuß. Ich verspreche dir, wir werden uns oft sehen, öfter und länger als jetzt."
Theresa war zwar froh, dass sie Hintersee verlassen konnte, aber sie hatte große Angst vor der Stadt. Und dann ihre Familie. Auf den Vater konnte sie gut und gerne verzichten, aber ihre Mutter und ihre Brüder, die werden ihr sehr fehlen. Und ob sie die neue Arbeit zur Zufriedenheit aller schaffen würde, das bereitete ihr Sorgen.
„Ich will ja auch meiner Tochter ein halbwegs guter Vater sein."
Theresa nickte nur und wagte es nicht, von ihren Ängsten zu erzählen.
„Du wirst dich viel freier fühlen in Salzburg und du weißt, Hiernle und auch der Erzbischof Gruber sind mir gut gesinnt."
Diese hohen Herren, dachte die junge Frau, die will ich gar nicht kennen.
„Außerdem hast du für die kleine, liebe Anna mein Baserl Hilda zum Aufpassen. Das gefällt dir doch?"
Theresa nickte abermals und dann meinte sie ganz kleinlaut: „Aber weit weg ist diese Stadt Salzburg schon und ob meine Mutter die Arbeit alleine schafft, das weiß ich nicht. Ich fürchte nein! Sind zu viele Männer im Haus, aber zum Helfen bräuchte sie eine Frau. Für die Küche, teilweise für den Stall und auch für die Obstbäume, den Gemüseacker und für das Pfarrhaus."
„Für das Pfarrhaus suche ich mir jemand, sorge dich nicht, es wird schon alles gut gehen."

Theresa lächelte, wischte sich die Tränen ab und küsste ihren Joseph. Dann ging sie rasch. Mohr blieb in der Tür stehen, bis Theresa in der Kälte und Dunkelheit verschwand.

Erster Weltkrieg 1914–1918

Kinderarbeit und Not

Franz warf ein Steinchen auf die Fensterscheibe und rief kräftig: „Rudi, komm!" Rudolf öffnete das Fenster und krächzte: „He, nicht so laut. Mutter schläft noch."
Franz gestikulierte heftig mit den Händen, was soviel hieß wie: Beeil dich.
Erst in der Postkutsche, die über Hof und Faistenau nach Hintersee fuhr, kamen die beiden Jünglinge wieder zur Ruhe. Vorher liefen sie, so schnell sie nur konnten, von Salzburg Parsch nach Gnigl, um dort die Kutsche zu erreichen.
Nach einer Weile öffnete Rudolf seinen Rucksack, nahm einen Brotscherz heraus und teilte ihn mit Franz. „Beim Labauern, bei deinem Urgroßonkel, wirds uns sicher gut gehen. Da werden wir nach dem Essen auch satt sein, sagte meine Mutter."
Franz lachte. „Ja, ja, aber arbeiten müssen wir auch nicht wenig. Und das blöde Kartoffelsetzen freut mich schon überhaupt nicht."
„Ach geh, werden halt deine feinen Hände etwas dreckig. Hast ja ein Glück, dass du nicht an die Front hast müssen."
Franz grinste. „Wäre untauglich, bin zu klein."
Nach einer gemächlichen Fahrt durch die sonnige, spätfrühlingshafte Gegend machte der Kutscher in Hof einen längeren Halt. Er tränkte und fütterte die Pferde und auch die Burschen und ein anderer Mitreisender tranken beim Dorfbrunnen Wasser.
Gegen Mittag kamen sie im Dorf Hintersee an, das damals bereits 330 Einwohner zählte.
Franz ging in Richtung Kirche und forderte seinen Freund auf: „Komm! Du musst mich begleiten."

„Klar. Will ja unbedingt sehen, wo Joseph Mohr, dein Urgroßvater, der Chef war."

„Grüß Gott, Nani!", sagte der Franz zu einer älteren Frau, die vom Friedhof kam. „Ja! Da schau her. Der Labauer Franz. Grüß di Gott! Wie gehts denn alleweil?", fragte die Frau freundlich.

Franz lächelte die Frau etwas verlegen an. „Geht schon. Geht schon. Jetzt will ich ein paar Tage auf dem Hof helfen."

„Das ist recht, bist ein Braver, wir brauchen jede Hilfe, jede. Ganz notwendig. Fehlen uns ja die starken Männer, sind alle an der Front. Alle! Und jetzt müssen wir Frauen und auch die Kinder herhalten. Ein Kreuz ist das. Im Herbst, wenn die Schule wieder beginnt und die Kinder mit Blasen an den Füßen und Händen zum Unterricht gehen, dann haben sie alles vergessen, was sie ein halbes Jahr vorher schon gelernt haben. Mein Gott, was ist das für eine Zeit. Mein Gott!"

Freundlich verabschiedete sie sich bei den jungen Männern und mit Hilfe eines Haselnussstockes trat sie ihren Heimweg an.

Die Burschen blieben sechs Tage in Hintersee. Für die mühselige Arbeit auf den Feldern bekamen sie ein paar Eier, einen großen Brotlaib und eine Lebensmittelkarte für Brot.

Ziemlich müde bestiegen sie bei der Heimfahrt die Postkutsche nach Salzburg und los ging die gemütliche Fahrt durch das wunderbare Hinterseer Tal.

Die Vögel zwitscherten lustig, die Wiesen leuchteten in frischem zartem Grün und unzählige Schlüsselblumen und Vergissmeinnicht schmückten den Wegesrand.

Die Pferde, die die Postkutsche zogen, scheuten plötzlich. Der Kutscher hielt sie an, stieg aus und sah eine Ringelnatter auf einem Begrenzungsstein,

die sichtlich die Sonne genoss. Der Mann beruhigte die Pferde und dann, ganz plötzlich, tauchte ein Reiter auf, der aus dem Wald kam. Ein Jäger mit Jagdhund. Ein auffallend gut gekleideter Jäger, er näherte sich der Kutsche. „Wohin des Weges?", fragte er. Franz sagte leise zu Rudolf: „So eine blöde Frage, wohin soll die Postkutsche schon fahren." Der Kutscher verbeugte sich vor dem Reiter und grüßte außerordentlich höflich.
Rudolf flüsterte Franz zu: „Was ist denn das für ein Geschniegelter. Der Kaiser persönlich?" In diesem Moment erkannte Franz den edlen Herrn, er erhob sich in der Kutsche, machte einen Diener und sagte: „Grüß Gott, Kaiserliche Hoheit!" Gleichzeitig zog er Rudolf kräftig am Ärmel und deutete, dass er aufstehen soll. Als dieser stand, drückte er ihm den Kopf nach vorne, weil Rudolf sichtlich nicht begriff, dass auch er einen Diener machen sollte. Und nun machte Franz nochmals gemeinsam mit Rudolf eine Verbeugung vor dem prunkvollen Jäger und wiederholte seinen Gruß. Die Hoheit lächelte, nickte wohlwollend mit dem Kopf und lenkte das Pferd in Richtung Jagdschloss Langreith. Der Hund bellte die Pferde an, die noch immer etwas unruhig waren, doch nach einer Weile lief er seinem Herrn nach.
„Wer war denn das?", fragte Rudolf entgeistert. Franz grinste und sagte: „Der Erzherzog Joseph Ferdinand persönlich."
Der Kutscher stieg wieder auf den Bock, schnalzte mit der Zunge und die Pferde trabten los. Nach einer Weile drehte er sich zu den Burschen um. „Anstatt an der Front zu kämpfen, so wie alle anderen, geht er jagern und meine Buben müssen die Köpfe hinhalten. Eine verdammte Sauerei ist das."
„Aber soviel ich gehört habe, ist er doch auch oft an

der italienischen Front im Einsatz", entgegnete Franz.

„Ja, ja, hin und wieder, aber ganz oft hat er Heimaturlaub."

Der Kutscher deutete auf den Rucksack. „Habt ihr einen Proviant bekommen?"

Franz nickte und lachte.

„In der Stadt gehts euch noch viel schlechter als uns, hab eine Tante in der Getreidegassen, die geht sogar zum Wirt und bittet um Essensreste."

Die Burschen sagten gar nichts, sie blickten sich vielsagend an und genossen die Aussicht auf den schönen blauen und türkisfarbenen Hintersee, an dem sie gerade ratternd und holpernd vorbeifuhren.

Der Kutscher blieb beim Fischerwirt am See stehen, der Wirt reichte ihm ein Schnapserl und sagte: „Geh, nimm bittschön das Eis für den Grillwirt mit, sonst hat er am Sonntag, wann die Kirchleut kommen, kein kühles Bier."

„Das passt ganz gut, weil ich zwei tüchtige Helfer hab." Er drehte sich zu den Burschen um und meinte herausfordernd: „Auf gehts, Buam!"

Direkt am See befand sich ein kleines gemauertes Haus, in dem das Wintereis vom See aufbewahrt wurde. Forstleute schnitten und lagerten die Eisblöcke in der sogenannten Eiskapelle. So hatten die Wirte über den ganzen Sommer Eis und auch die Fischer, wenn sie frische Fische in die Stadt transportierten.

Mit bloßen Händen wickelten die Burschen und der Kutscher ein paar Eisblöcke in eine Decke und los gings wieder.

Beim Grillwirt bekamen sie als Dankeschön ein frisch gezapftes Bier. Für Franz und Rudolf war das ihr erstes Bier und dementsprechend lustig verlief die Heimfahrt nach Salzburg.

Zweiter Weltkrieg

Ein Jahr vor dem Ende

Martina ging in der Küche auf und ab, dann warf sie einen verzweifelten Blick in die Speisekammer. Es fehlte alles Wichtige! Sie fand nur ein wenig Mehl, einen verschwindenden Rest Zucker und ein Ei. Dabei warteten fünf hungrige Menschen auf eine Stärkung! Es fehlten Gemüse, Obst und Brot. Aber es gab Wasser!
Seufzend öffnete sie das Fenster und warf einen Blick Richtung Gaisberg, so als ob sie dort unbedingt etwas Verwertbares finden könnte.
Es klopfte an der Tür, Martina erbleichte und öffnete nicht gleich. Es klopfte noch einmal, etwas kräftiger. Die zittrige öffnete, ihre Nachbarin aus der Kellerwohnung stand vor ihr und sah sie missmutig an. Martina spürte, wie sie einen hochroten Kopf bekam. Was weiß sie? Diese falsche Ziege! Und dann sagte sie: „Guten Morgen, Frau Brand! Was gibt es?"
Nur mit einem Kopfnicken drängte sich Frau Brand in die Wohnküche und ihre Blicke schweiften neugierig durch den Raum. „Seit Tagen schlaf ich schlecht, weil ich immer Schritte höre. Fast die ganze Nacht!" Sie deutete auf das Sofa. „Schläft hier jemand?"
„Oh, Frau Brand, das ist mir aber peinlich, ich, ich schlafe hier. Ich, ich habe Rheuma, Rheuma im Kopf, und gehe die ganze Nacht auf und ab, so sehr quälen mich die Schmerzen." Frau Brand sah Martina von oben bis unten an. „Sie und Rheuma?"
„Sie doch auch. Oder nicht?" Martina nahm hastig ihren Rucksack und dachte sich: Du blödes, stin-

kendes Weib. Du ekelhaftes Miststück. Ich könnte dir die Pest wünschen! Laut hörte sie sich sagen: „Frau Brand, Sie sind so ein wertvoller Mensch. Ich weiß, Sie verstehen mich." Martina war erstaunt über ihre liebevolle Reaktion und Frau Brand lächelte. Gut! Sie lächelt. Wenn sie lächelt, dann ist alles gut. Aber trotzdem: Zum Teufel mit ihr.
Martina schulterte den Rucksack, schob Frau Brand sorgfältig aus der Wohnung. „Ich muss leider dringend weg."
Sie holte ihr Fahrrad aus der Holzhütte und fuhr so schnell wie möglich durch die Gassen. Erst am Salzachufer machte die sehr jugendlich wirkende, gut aussehende Dunkelhaarige mit strenger Frisur eine Pause. Sie war total außer Atem und ihre Gedanken flogen nur so hin und her: Es ist höchst an der Zeit, dass ihre Freundin Elisabeth mit Mann und Kind flüchten kann. Tagsüber das Verstecken im Kohlenkeller und in der Nacht alle in der kleinen Wohnung. Das wird mir nun allmählich zu viel. Hoffentlich werden sie heute Nacht abgeholt.
Verzweifelt murmelte sie in die gurgelnden Wellen der Salzach: „Wenn die uns erwischen, sind wir alle dran. Dann Gnade Gott!"

Der blondgelockte Dreijährige und das dunkelhaarige vierjährige Mädchen saßen eng aneinandergepresst im Keller. Auf einer alten Decke, darunter befand sich ein Stapel von leeren, schmutzigen Kohlensäcken, verweilten sie.
Und obwohl es erst am frühen Nachmittag war, saßen die Kinder und die Eltern des Buben im Halbdunklen. Die winzige Oberlichte war mit Kohlensäcken verhangen, damit von außen keine Einsicht möglich war. Amon, der Vater des Buben, stand plötzlich auf und streckte seine Beine durch.

Er deutete auf sein rechtes Knie, das ihn schmerzte. Der Mann ging ein wenig auf und ab, zeigte den Kindern, dass sie sich ganz still verhalten sollen, und dann setzte er sich wieder zu seiner Frau Elisabeth.
Elisabeth schielte ab und zu sorgenvoll zu den Kindern. David wetzte unruhig hin und her und deutete der Mutter, dass er Pipi machen muss. Elisabeth deutete ihm zurück, dass es nicht geht. Doch Lena, das Mädchen, stand auf und holte aus einer finsteren Ecke eine leere, sehr staubige Petroleumflasche, die sie Elisabeth reichte.
Elisabeth lächelte, erhob sich und nahm die Flasche dankbar an. Sie half David bei der wichtigen Verrichtung, wobei der Bub sich ganz verschämt hinter dem Vater versteckte, sodass Lena ihn auf gar keinen Fall sehen konnte.
Als David wieder neben Lena saß, tunkte das Mädchen einen Zeigefinger kräftig in den Kohlenstaub und dann presste sie damit David einen schwarzen Punkt auf seine Nase. David machte es ihr sofort nach und drückte ihr einen Punkt auf beide Wangen. Die Kinder grinsten leise und fühlten sich glücklich.
Martina pflückte indessen emsig am Salzachufer einige Kräuter, und dann ging sie zum Gasthaus Steinlechner, der Koch schenkte ihr ein paar alte Brotreste.
Als so um neun am Abend das Licht bei Frau Brand ausging, schlich sich Martina in den Kohlenkeller und holte ihre Schützlinge und ihre Tochter.
Alle schlichen sie lautlos und ganz vorsichtig in die Hochparterrewohnung und nahmen erleichtert am Esstisch Platz.
Die Brotsuppe mit den frischen Kräutern schmeckte ihnen vorzüglich. Als Nachspeise gab es zer-

quetschte Ribisel mit einem Hauch von Zucker. Martina war zufrieden, dass diese sehr bescheidene Abendmahlzeit allen schmeckte und nur sie wusste, dass sie die noch nicht ganz reifen Ribisel heimlich beim Bergerbauern gepflückt hatte und das Brot erbettelt war.
Lena grinste und sagte ganz leise: „Mama, ich weiß, von wo die Ribisel sind!" Martina sah ihre Tochter ganz liebevoll an.
Nach dem Essen holte die engagierte Frau die Spielkarten und zeigte den Kindern ein Spiel. Das Mädchen kümmerte sich sehr herzig um den kleinen David. Beide Kinder, obwohl sie noch so klein waren und sich erst seit kurzer Zeit kannten, offenbarten eine innige Freundschaft.
Martina räumte gerade das abgetrocknete Geschirr auf, als es ganz leise am Fenster klopfte. Alle bis auf Lena flüchteten in das Schlafzimmer, dann öffnete Martina zaghaft den Vorhang, sie konnte einen Mann erkennen, öffnete zittrig das Fenster, der Mann drückte ihr einen Zettel in die Hand und deutete mit dem Zeigefinger auf seinen Mund. Auf dem Zettel stand: „Ich hole Amon, Frau und Kind ab. Warte beim Steinlechner. Schnell bitte!"
Martina nickte, gab dem Mann den Zettel zurück, schloss das Fenster, eilte in das Schlafzimmer und half ihren Freunden ihr wenig Hab und Gut in die Rucksäcke zu verstauen.
Lena steckte David einen kleinen Hirschhornknopf in die Rocktasche. Alle, auch Martina und Lena, schlichen hintereinander ins Freie und gingen rasch in Richtung Gasthaus Steinlechner. Dort stand ein Auto.
Amon, Elisabeth und David stiegen ein und das Auto fuhr los: Es gab keine Umarmung, nur schnelle Blicke, Zittern und verhaltene Tränen.

Martina ging ganz benommen mit ihrer Tochter in die Wohnung zurück, dort umarmte sie das Mädchen liebevoll und heulte drauflos. Lena verstand nicht alles, aber sie wusste, dass es eine sehr traurige und aufregende Situation war.
„Wohin fahren sie jetzt?", fragte Lena neugierig.
„Ich glaube in die Schweiz, hoffentlich geht alles gut!" Und dann flehte Martina ihre Tochter an: „Kannst du bitte das alles für dich behalten, es darf wirklich niemand erfahren, dass sich meine Freunde bei uns versteckt haben. Niemand! Absolut niemand! Es wäre sehr gefährlich für uns."
„Mamilein, ich weiß, wir haben Krieg und..."
Ganz plötzlich klopfte es laut an der Tür. Mutter und Tochter zitterten vor Angst, Martina öffnete die Tür. Ein Mann in Uniform stand vor ihr, schob Martina beiseite, ging in das Schlafzimmer, dann ins Badezimmer, ins Kinderzimmer, sah auch unter den Betten und in den Schränken nach.
„Uns wurde gemeldet, dass sie eine jüdische Familie versteckt haben!"
Nur der unübertreffliche Zorn gab Martina die Kraft schreiend zu antworten: „Ja, wo denn bitte? Ich werde mich morgen beim Gau..., beim Ihrem Gauleiter beschweren, darauf können Sie sich verlassen! Und lassen Sie uns jetzt in Ruhe schlafen gehen."
„Den Keller will ich noch sehen."
„Im Keller wohnt Frau Brand, eine ältere Frau."
Plötzlich geht der Uniformierte auf Lena zu und fragt sie lustig: „Aber du weißt sicher, wo ihr die Leute versteckt habt?" Lena schmiegte sich ängstlich an die Mama und begann zu weinen. Martina wurde hochrot vor Zorn und die schlanke, aber robuste Figur wurde um einige Zentimeter größer.
„So, jetzt reicht es aber. Sie Feigling! Männer und

Väter sind an der Front und Sie gehen in der Heimat mit schutzlosen Frauen und Kindern um, als wären wir Verbrecher. Schämen Sie sich!"
Der Mann ging, drehte sich vor der Tür noch einmal um: „Wir sehen uns wieder. Heil Hitler!"
Martina schlug heftig die Tür zu, schloss ab und dann drückte sie sorgenvoll ihre Tochter an sich. „Armes Mädchen, der Mann war böse, aber der kommt nicht wieder." Lena schlang ihre Ärmchen um Mutters Hals und flüsterte ihr ins Ohr: „Kommt David wieder?"
Martina lächelte. „Ganz sicher, mein Schatz, es wird etwas dauern, aber der David, der kommt wieder, verlass dich drauf."
Die kleine Lena schlief bald ein, aber Martina konnte kein Auge schließen. Ihre Gedanken schwirrten durch die Geschehnisse und verzweifelt dachte sie: Wie lange soll dieser Wahnsinn noch dauern? Wir haben uns vom Ersten Weltkrieg noch nicht richtig erholt. Die Menschen hungern abermals, flüchten und haben Todesangst. Am liebsten würde ich auch das Land verlassen. Aber wohin? Nach Amerika? Mit meiner kleinen Lena? Hoffentlich schaffen Elisabeth und Amon mit dem kleinen David die Flucht in die Schweiz.

Die Sommermonate vergingen und die Situation in der Stadt Salzburg wurde durch die zunehmenden Angriffe der US-Bomber immer gefährlicher. Die nächsten Luftschutzkeller waren für Martina und ihr Töchterchen viel zu weit entfernt, um vor den Angriffen geschützt zu werden.
So packte die mutige Frau eines Tages um vier Uhr morgens die notwendigsten Sachen, wie Kleidung, Schmuck, Papiere, Ausweis, ein paar Fotos, eine Wundsalbe und ein paar Tücher in den Rucksack.

Lena steckte noch ihre Stoffpuppe und einen kleinen Polster dazu. Dann nahm Martina ihr altes klappriges Fahrrad, band einen großen Polster auf den Gepäckträger, damit Lena besser sitzen konnte, und fuhr los in Richtung Hallein.
Bis Hallein war das Fahren nicht sehr mühselig, aber dann in Richtung Strubklamm ging es immer bergauf und Martina musste eine längere Pause machen. Lena hatte sie in ihren Wintermantel eingepackt, damit das kleine Mädchen den herbstlichen Nachtwind nicht zu sehr spürte. Früh am Morgen steuerte Martina auf einen Heustadl zu, stellte das Rad hinein und spielte mit Lena fangen, damit sie sich erwärmte.
Dann aßen die beiden ein paar gekochte Kartoffeln. In der zerbeulten Aluminiumflasche gab es noch ein wenig Wasser.
Am Vormittag kamen sie in der Faistenau an, dort besuchte Martina die Frau des Sprengelarztes, die mit ihrem Mann verwandt war. Ludmilla Gstrein bot ihnen ein Butterbrot, eine warme Milch und zwei gekochte Eier an. „Ludmilla! Das ist ein Festessen für uns. Danke!"
„Solange wir noch was zum Teilen haben, teilen wir", meinte die Frau lachend. „Willst du wirklich weiter nach Hintersee?"
„Ja, schon. Du weißt, in Hintersee haben wir einen guten Platz."
„Ich warte immer sehnsüchtig auf Post von meinem Sohn, aber nichts, gar nichts kommt. Ich bin ganz fertig, kann kaum mehr essen und schlafen kann ich schon gar nicht. Es waren gestern wieder einige Angriffe, bei den ersten zwei spürten und hörten wir nicht viel. Aber der dritte war einfach schrecklich, die Fenster und das ganze Haus zitterten. Ich konnte die Tür weder auf- noch zumachen, so beu-

telte sie in meiner Hand. Ich hatte das Gefühl, die Bomben schlagen hinter der Kirche ein und dazu das starke Getöse der Jagdbomber und der Flak, die auf uns geschossen haben. Noch nie habe ich so einen starken Lärm gehört, ganz unheimlich!"
Lena schmiegte sich ganz eng an ihre Mutter und Martina drückte sie fest. „Wir fahren heute noch nach Hintersee, dort ist es besser."
„Wer weiß das schon?", warnte die aufgeregte Frau. „Im Luftraum über uns kam es zweimal zu Kämpfen. Amerikanische Flugzeuge haben zwei deutsche Jäger abgeschossen, einen in Hintersee und den anderen bei uns in der Ramsau. Und brennende amerikanische Jäger stürzten in Fuschl ab. Wir haben von hier aus viele Fallschirme gesehen und zwei Deutsche und sechs Amerikaner landeten bei uns."

Die Tage in Hintersee waren für Martina und Lena sehr erholsam, aber täglich kamen mehr Menschen an, die auf der Flucht von der Stadt Salzburg waren und dann passierte in Faistenau das Unglück mit einem 14-jährigen Buben, er wurde von einer Bombe tödlich getroffen.
Martina wollte mit ihrer Tochter abermals flüchten, aber wohin? Die verzweifelte Frau redete mit der Bäuerin, die zur selben Familie zählte wie seinerzeit Theresa und die kleine Anna, Joseph Mohrs Tochter; Vergangenes, über das niemand mehr sprach. Die Menschen in diesem Bauernhaus kannte Martina seit ihrer Kindheit, denn sie hatte dort oft mit ihrer Freundin Elisabeth die Ferien verbracht. Und hier hatte Elisabeth auch Josef kennen- und lieben gelernt, er hatte ebenfalls die Schulferien auf diesem Hof verbracht. Joseph Mohr war sein Ururgroßvater. Eigentlich schade, dass die beiden

nicht ein Paar geworden sind, Elisabeth hätte sich viel Kummer erspart, aber ausgerechnet Amon musste sie heiraten, der sie durch seine jüdische Abstammung in eine sehr lebensbedrohliche Lage brachte. Wie wird es ihnen jetzt wohl gehen? Kummervoll wandte sich Martina an die Bäuerin: „Sag mir, Irma, was soll ich tun?" Irma sah sie an, hob eine Hand gegen den Himmel und sagte weinerlich: „Ich bete täglich, aber er erhört mich nicht! Schon über drei Monate habe ich nichts mehr von meinem Mann gehört, auch ich habe große Angst!" Martina nahm die Hände der Bäuerin und drückte sie fest. „Wir müssen durchhalten und daran glauben, dass alles bald ein Ende haben wird."
„Weißt du etwas von Elisabeth?"
Mit Tränen in den Augen schüttelte Martina den Kopf. „Leider nein. Nichts!"

Martina half der Bäuerin beim Stallausmisten und Lena streichelte ein Kalb, da ging plötzlich die Tür auf und ein Mann in deutscher Uniform stand vor den Frauen. Der Mann ging nach einer Weile auf Martina zu, zögernd fragte er: „Kennst du mich nicht mehr?" Martina sah ihn prüfend an. „Ich bin der Toni, der Bruder von deinem Mann." Erleichtert fiel sie dem Mann in die Arme, lächelte ihn an und fragte eindringlich: „Weißt du was von Georg?" Der Mann löste sich aus der Umarmung, drehte sich um, blickte zuerst zu Lena, dann wieder zu Martina. „Komm, gehen wir hinaus!" Martina folgte ihm und als sie erfuhr, dass ihr Mann in Russland gefallen ist, bekam sie weiche Knie und Toni trug die bewusstlose Frau in die Küche.
Tagelang lief Martina weinend und auch schreiend in den naheliegenden Wald, doch die Tatsache, dass sie für Lena eine große Verantwortung hat, gab ihr

immer wieder Kraft und neuen Mut. Das Mädchen verstand nicht alles, was gesprochen und auch nicht gesprochen wurde, aber dass ihr Vater tot war und ihre Mutter sehr litt, das verstand sie. Lena konnte sich an ihren Vater kaum erinnern. Aber das Hochzeitsbild kannte sie gut und sie war sehr stolz auf ihre schönen Eltern.
Nach einer Woche forderte Toni seine Schwägerin auf ihre Sachen zu packen. „Ich bring euch nach Deutschland zu meiner Schwiegermutter. Dort ist es ziemlich ruhig und ihr habt viel Platz."
Martina überlegte nicht lange, denn inzwischen war aus der Stadt Salzburg noch eine schutzsuchende Frau mit zwei Kindern auf dem Hof aufgenommen worden, die im Heu schlafen mussten, aber vor allem gab es kaum mehr Lebensmittel.
Toni erklärte, heute in der Nacht müsse er noch was erledigen, aber morgen um fünf Uhr früh gehe es los.
Martina war einverstanden. „Ich muss aber in Salzburg noch ein paar Sachen abholen."
„Kannst du vergessen. Das Haus ist vollkommen zerbombt und es ist auch zu gefährlich dort!"
Martina konnte diese neue Schreckensnachricht nicht glauben. Verzweifelt, aber auch zornig wollte sie einen Teller zerschlagen, doch die ängstlichen Blicke ihrer Tochter hielten sie davon ab. Sie umarmte ihr kleines Mädchen, drückte sie ganz fest an sich und streichelte ihren lieben Kinderkopf.
Als sie am anderen Tag mit einem klapprigen alten Motorrad zu dritt durch das Salzachtal fuhren, bemerkte Martina, dass auf Tonis Uniformhose Blutspuren waren. Martina verlangte: „Bleib sofort stehen!"
Toni bremste und steuerte das Motorrad an den Straßenrand. „Was ist denn los?", fragte der Mann.

Martina wollte ihn anschreien, aber in Gegenwart von Lena hatte sie Hemmungen. Doch sie deutete auf die Blutspuren und sagte: „Bitte, was ist das?"
„Teufel auch, ich muss das irgendwo herauswaschen. Ich hab der Bäuerin ein Reh geschossen und beim Zerteilen war ich mehr als schlampig. Kann das einfach nicht."
Martina küsste ihre Tochter, lachte und weinte gleichzeitig, strahlte Toni erleichtert an und dann gingen sie zum Salzachufer und reinigten die Hose, so gut es ging.
In Schwarzach im Pongau übernachteten sie im Warteraum der Zugstation und irgendwo trieb Toni bei Freunden auch ein Benzingemisch auf, so konnte die Fahrt fortgesetzt werden. Es war grimmig kalt in diesen Wintertagen, doch es gab auf den Straßen glücklicherweise keinen Schnee.
Oft, wenn es etwas rutschig war, schleifte Toni mit seinen Schuhen auf der Straße, um das sichere Gleichgewicht zu halten.
Lena, die in der Mitte saß, war sehr gut geschützt, und auch Martina war gut eingepackt und verbarg ihr Gesicht in Tonis Rücken. Doch Toni selbst kämpfte sehr mit der Kälte. „An der Front in Russland war es schlimmer", sagte er etwas verbittert.
Martina wusste überhaupt nicht mehr, wo sie sich befanden, als ihr Schwager spät in der Nacht bei einem Pfarrhaus hielt.
Er trug das schlafende Mädchen in seinen Armen und klopfte laut an der Haustür. Aber niemand öffnete. Martina klopfte am Fenster und dann hörten sie plötzlich Schritte. Eine grantige Alte trat ihnen entgegen. Nach einem Wortwechsel, welchen Martina nicht genau verstand, durften sie eintreten und die Alte, sie hieß Genoveva, sie war die ausge-

diente Mesnerin, wurde gemächlich etwas freundlicher.
Genoveva wärmte eine Milch und bot ihnen ein Stück Brot an. Martina und Toni murmelten höflichkeitshalber ein Tischgebet, doch Lena stürzte sich gleich auf das Brot und die Milch. „Na, na! Langsam, mein Fräulein. Mach wenigstens ein Kreuzzeichen vorher, wennst schon nicht beten kannst!" Lena warf der Mutter einen Blick zu, die blinzelte ihr wohlwollend zurück.
Toni herrschte die Alte an. „Wenn die Kinder nicht mehr Kinder bleiben können, dann ist alles vorbei."
„Geh! Reg dich nicht auf, der Hitler schickt jetzt auch Kinder an die Front und alle alten Männer, da werde ich doch ein wenig Disziplin verlangen können."
Die Alte latschte hinaus und kam nach einiger Zeit mit ein paar Decken und einem Handtuch zurück. „Ihr könnt hier auf der Ofenbank und auf dem Diwan schlafen. Das Bad ist oben."
Toni fragte zaghaft: „Betten gibt es nicht?"
„Sind besetzt!", war die gereizte Antwort.
Als Toni in aller Herrgottsfrühe sein Motorrad sattelte, kam Genoveva angerannt und drückte Lena einen Apfel in die Hand. Lena strahlte die resolute Frau an. „Danke!" Und dann machte das Mädchen ein Kreuzzeichen auf ihre Stirn, bevor sie genussvoll in den Apfel biss. Genoveva schmunzelte. Lena ließ ihre Mama und ihren Onkel abbeißen, dann aß sie den Rest ganz andächtig, alles, sogar den hölzernen Stängel.

Kurz vor der Grenze zu Deutschland machte Toni eine Pause. Er erklärte den beiden, dass es vielleicht auch auf dieser kleinen Tiroler Passstraße eine Militärkontrolle geben wird, aber es sei kein

Problem. „Ich bin ja dabei, aber bitte, bitte grüßt alle so, wie es einfach üblich ist." Martina war ganz entsetzt. „Du kannst doch von Lena und mir nicht verlangen, dass wir 'Heil Hitler' sagen." „Moment! Nicht nur sagen, sondern auch absteigen, die Hand ausstrecken und außerdem freundlich lächeln." Dabei grinste er Lena an.
„Stellt euch auf zur Probe!"
„Das mach ich nicht und Lena muss es auch nicht machen."
„Bitte, liebe Martina, sei nicht so stur, ich kann große Probleme bekommen!"
„Eigentlich, wenn ich so überlege, will ich überhaupt nicht nach Deutschland, ich geh da auf eine Alm und bleib, bis der Krieg aus ist!"
„Jetzt im Winter! Wie willst denn da überleben? Bei meiner Schwiegermutter bist du gut aufgehoben. Ein sicheres Zuhause."
„Zuhause. Zuhause! Wenn ich das schon höre. Wo sind wir denn zu Hause? Du an der Front und wir sind auf der Suche nach Frieden, dabei flüchten wir von einem Ort zum anderen. Habe meinen Mann verloren und wir frieren und hungern." Martina weinte und kräftig schluchzend fuhr sie fort: „Entschuldige, Toni, du riskierst so viel und opferst für uns deinen Fronturlaub..."
Toni nahm die verzweifelte Frau in die Arme und versuchte sie zu trösten. Lena stand ein wenig abseits und übte den Hitlergruß. Dann fing es zu schneien an, und Toni musste sehr langsam und vorsichtig fahren.

Völlig übermüdet, schmutzig, hungrig und ausgefroren kamen Toni, Martina und Lena im verschneiten Remmeltshofen an.
Die Schwiegermutter von Toni, Josefa, eine resche,

aber herzensgute Frau, bereitete ihnen sofort eine Mahlzeit zu.
„Das waren die besten Palatschinken, die ich je gegessen habe", strahlte Toni sie an.
Martina lachte und sagte: „Schau uns an, Josefa, wie glücklich wir sind und endlich wieder einmal satt!"
Lena nahm ihren Teller und leckte mit der Zunge die Marmeladereste auf.
„Ich gehe mit einer Gruppe Frauen am Abend in die Marienfriedkirche beten und dann proben wir für die Christmette, der Pfarrer ist ganz ein Braver. Er hört schon ein bisserle schlecht, aber das ist ganz gut so." Josefa schaute Martina und Lena herausfordernd an. „Ihr kommt doch mit! Oder?"
„Nein! Jaa, ja, ja natürlich gehen wir mit! Wenn, wenn Lena nicht zu müde ist!", stotterte Martina herum. „Des Madle setzen wir auf den Schlitten und dahin gehts."
Josefa zeigte Martina und Lena ihre Kammer und Martina wäre nach all diesen Strapazen allzu gerne ins Bett gefallen. Und plötzlich dachte sie an ihr Bett im zerbombten Haus in Salzburg und an ihren gefallenen Mann und sie konnte ihre Tränen nicht mehr halten.
In der Kirche baten die Frauen um Verschonung dieses Ortes und der Pfarrer Martin Humpf gab mit der Gebetsrunde ein Gelübde ab. „Wenn unsere Pfarre von Kriegsschäden verschont bleibt, dann bauen wir unserer lieben Gottesmutter eine schöne Kapelle!"
Bei der anschließenden Messe und den Fürbitten für die Gefallenen und für die Soldaten, die an der Front kämpften, wurde Martina leicht übel. Sie streichelte ihre Tochter, die auf ihrem Schoß saß, und flüsterte ihr zu: „Du bist mein größter Schatz und ich werde sicher immer gut auf dich aufpassen."

Und still betete sie: „Liebe Mutter Gottes, gib mir bitte für mein Kind genug Kraft und beschütze uns."
Ganz leise flüsterte Lena: „Mama, ist Papa im Himmel?" Martina nickte kräftig mit dem Kopf und drückte das Mädchen zärtlich. „Mama, wo ist David?" Martina zog ihre Schultern nach oben und flüsterte: „Es geht ihm sicher gut!"
Lena lächelte. „Aber wo ist er?"
„Ich weiß es nicht."

Einen Tag später gab es Bombenalarm, alle liefen in den Kartoffelkeller und hörten dort immer noch das ungeheuerliche Dröhnen der Flugzeuge.
Die Amerikaner griffen am 17. Dezember 1944 die nahegelegene Stadt Ulm an und als das gesamte Bombengeschwader in Richtung Remmeltshofen abzog, hörten die Menschen ein ohrenbetäubendes Dröhnen, auch im Keller, und nicht nur die Fenster zitterten.
Doch Remmeltshofen und Marienfried blieben tatsächlich verschont.
Am anderen Tag fuhr ein Radfahrer vor, auf dem Rücksitz transportierte er eine schwer verletzte Frau. Eine französische Kriegsgefangene, der sie den rechten Fuß abgeschossen hatten und die nach der Erstversorgung keinen Platz im Krankenhaus bekam.
„Ich bringe sie in die Pfarre Marienfried, der Pfarrer spricht ein wenig Französisch und findet sicher einen Platz!" Alle halfen die Frau auf einen Pferdeschlitten zu betten und die Bäuerin spannte das Pferd ein.

Josefa zitterte am ganzen Leib. „Stellt euch vor, die Amerikaner haben in Ulm das Haus meiner Eltern besetzt und alles verwüstet. Im Schlafzimmer haben

sie auf die schönen alten Betten und auf Bilder geschossen, es sieht angeblich grauenhaft aus. Mutter und Vater und auch andere kommen jetzt zu uns."
Schluchzend lief Josefa in das Stallgebäude und alle folgten ihr. Mühsam zimmerten sie aus altem Holz Notbetten und füllten den Innenraum mit Heu und Stroh.
„Wir schlafen auch hier in der Tenne und du kannst unser Zimmer deinen Eltern geben." Josefa war froh über diesen Vorschlag. Und nicht nur die Eltern von Josefa kamen an, viele andere Flüchtlinge bevölkerten das Dorf und suchten verzweifelt eine Bleibe und Sicherheit.
In Ulm wurden durch die Angriffe etliche Menschen getötet und es gab viele Kriegsverletzte mit abgetrennten Beinen und Armen und jede helfende Hand wurde gebraucht.
Auch Martina wollte in die Stadt gehen und helfen. „Du bleibst hier bei deiner Tochter und kochst für uns alle. Wir haben noch genug Rüben und Kartoffeln im Keller." Über diese Entscheidung war Martina überglücklich.
Weihnachten feierten alle gemeinsam in der Kirche von Marienfried. Martinas Gedanken schweiften ab, zuerst zu Elisabeth, dann nach Hintersee und Salzburg. Wie wird es den Menschen dort gehen? Und intensiv dachte sie an ihren gefallenen Mann und kurzfristig bekam sie eine Todessehnsucht, aber das schöne gefühlvolle Singen ihrer Tochter riss sie aus diesem Grübeln wieder heraus.

Im Jänner fuhr Martina mit Lena mit dem Schlitten nach Ulm, sie musste Verbandzeug für ein paar Verletzte beschaffen. Bei der Versorgungsstelle stand eine Schlange und Martina ließ ihre Lena mit einem Buben spielen. Lena fand in einer Holzkiste einen metallenen gänseeigroßen Gegenstand, die Kinder betrachteten ihn neugierig, das Mädchen drehte an einer Schraube und plötzlich fing es an zu zischen, der Bub entriss ihr das zischende Stück und warf es ins Schneefeld. Als es dort explodierte, es war eine Handgranate, war Martina ganz außer sich. Ein alter Mann beruhigte sie: „Ist ja nichts passiert, was regst du dich auf!" Die Explosion wurde durch den tiefen Schnee gedämpft. Mit weinerlicher Stimme bedankte sich Martina sehr herzlich bei dem mutigen Buben.

Auf dem Heimweg hörten sie ein Kampfflugzeug, einen Tiefflieger, er kam immer näher, Martina vergrub sich mit Lena schnell in eine Schneewechte. Links und rechts schlugen die Schüsse ein, wie durch ein Wunder wurden die beiden nicht verletzt. Aber der Schock saß bei Martina tief, Lena fand es eher lustig.

Ein paar Tage später sprach Martina mit Josefa: „Ich kann nicht mehr, ich muss weg, weiß noch nicht wohin, aber hier halte ich es keinen Tag mehr aus."

Die kleine rundliche Josefa mit ihren lustigen Augen reagierte verärgert. „Was willst du? Die Gefahr herausfordern? Hier bist du doch sicher. Einigermaßen."

„Ich will, ich will, will einfach nur Frieden."
Schluchzend betonte sie: „Ich habe große Angst!"
„Ich versteh dich ja, Martina, du hast viel mitgemacht und wirklich harte Schicksalsschläge ereilten dich." Dann sagte sie plötzlich ziemlich energisch: „Aber du meine Liebe bleibst hier, ich brauche dich. Und so lange kann der verdammte Krieg nicht mehr dauern."

Lena hörte die Szene mit, stürzte auf Martina,

schlug die Arme um ihre Mitte und weinte bitterlich. „Mama, bitte nicht weggehen. Bitte nicht!" Die verzweifelte Frau liebkoste ihre Tochter und wollte wissen warum nicht. „Hier sind Kinder zum Spielen und ich kann in den Stall gehen und mithelfen und in Marienfried darf ich auf dem Harmonium spielen!"
Martina schmunzelte. „Du erreichst ja die Tasten kaum."
„Viele schon und sie klingt so schön."
Josefa fragte: „Weiß das der Herr Pfarrer?"
„Ja, der hat es mir erlaubt!"
Josefa wendete sich abermals zu Martina: „Glaubst du nicht, dass auch ich meine Sorgen habe? Gut, der Toni war grad da, aber meine Tochter, die Anna, die in einem Feldlazarett in Russland Tag und Nacht schuftet, von der habe ich schon vier Wochen nichts mehr gehört. Das macht mich auch nicht glücklich."
„Was macht Anna dort?", fragte Lena neugierig. „Sie ist Krankenschwester und versorgt die verwundeten Soldaten, die für das Vaterland gekämpft haben und verletzt wurden." Josefa nahm Lena an der Hand, lächelte Martina zu. „Wir gehen jetzt in den Stall, wenn es dir recht ist. Und du kochst unsere Lieblingsspeise: zum hundertsten Mal Rote-Rüben-Salat und Pellkartoffeln."
„Ich schneide eine neue Form!"

Als Martina am anderen Tag Lena zur Kirche begleitete und ihr aufmerksam zusah, mit welch einer Begeisterung das Mädchen in die Tasten klopfte und die Register zog, war sie sehr erfreut und gerührt. Vielleicht hat sie Georgs Talent geerbt? Martina war sehr schmal geworden und ihre schönen dunklen Augen wirkten müde. Das übliche bril-

lante Leuchten war gänzlich verschwunden und ihre schwarzen Haare zeigten deutlich die ersten grauen Silberfäden. Aber die grauen Haare störten die gut aussehende, geplagte Frau nicht. In ihr selbst war alles in Unruhe und die sonst so couragierte Martina war unsagbar müde und schwach. Die brutalen Ereignisse, aber vor allem die fehlenden Zukunftsperspektiven machten sie ängstlich.
Der Pfarrer ging langsam, holpernd und etwas unbeholfen die alte Holztreppe zum Chorraum hinauf. Er begrüßte Martina und Lena sehr herzlich.
„Wie gehts euch denn, meine Lieben?"
Das Mädchen spornte er an: „Spiel nur weiter, spiel nur!" Und dann wendete er sich Martina zu. „Na, wie gehts?"
Martina seufzte tief. „Kriegerwitwe, heimatlos und ständig in Angst lebend, wie soll es mir", sie deutete auf das Mädchen, „uns schon gehen?"
„Aber du und deine Tochter, ihr seid am Leben und gesund und Hunger leiden müsst ihr auch nicht. Also freue dich darüber und danke Gott dem Herrn!"
Martina brachte kein Wort heraus, aber sie dachte: Mein geliebter Mann ist tot, das Haus zerbombt, habe täglich tausend Ängste, und die immer wiederkommenden Fluchtgedanken zerreißen fast mein Herz und dafür soll ich Gott noch danken? Ihre Lippen bebten.
„Der Befehl vom Herrn Heil zu einem mit äußerster Kraft gesteuerten und fanatischen Widerstand gegen die alliierten Truppen, der macht auch mir zu schaffen. Immer wieder Tote, Verwundete und Menschen auf der Flucht. Schade, dass das Attentat auf diesen Teufel im vergangenen Sommer nicht geklappt hat."
Der Pfarrer nahm Martina an den Händen, sah ihr

tief in die Augen und sagte sanft: „Jetzt brauchen wir dich noch hier, deine Arbeit ist wichtig und bald wird alles vorbei sein." Schluchzend fiel sie dem Pfarrer in die Arme.
Und der Pfarrer hatte recht, in wenigen Wochen, am 30. April 1945 beendete Adolf Hitler sein Leben: Er erschoss sich. Und am 8. Mai war der grauenhafte Krieg endlich beendet.

Das Gelübde des Pfarrers von Marienfried wurde etliche Jahre nach dem Krieg eingelöst: Aus Dankbarkeit, dass die Bürger und die Gemeinde von Bombeneinschlägen verschont blieben, bauten sie für die schützende Mutter Gottes eine schöne Kapelle.

Frieden für immer

Löcher in der Schuhsohle

Lena warf ihre Schultasche auf die Gartenbank und schlang temperamentvoll die Arme um Martinas Mitte. Sie gluckste nur so vor Lachen und durch ihre Zahnlücke spuckte sie ein wenig.
„Schatz! Was hast du denn? Möchte mitlachen."
„Unser Geschichtslehrer hat gesagt, es gibt nie wieder Krieg in Europa. Niiiiie wieder! Frieden für immer!"
Martina liebkoste ihre Tochter. „Hoffen wir, dass er recht hat. Hat er auch erklärt warum?"
„Oh, da habe ich nicht so gut aufgepasst."
„Hast du Hunger?"
„Nein, habe jetzt erst meine Jause gegessen. Ich gehe gleich zur Frau Putz."
„Nein, nein, meine Liebe, zuerst machst du gefälligst die Hausaufgaben."
„Habe ich schon in der Schule gemacht!"
Und weg war sie.
Martina setzte sich auf die Gartenbank, öffnete Lenas Tasche und kontrollierte die Hefte. Das Rechenheft sah ganz ordentlich aus, wie lustig sie die Zahlen schrieb, aber die Schreibhefte: So ein Gefetze, das kann man ja kaum lesen, dachte Martina verärgert. Sie hat nur das Klavierspielen im Sinn.
Ihre Gedanken schweiften ab in die Kriegszeit und sie erinnerte sich zu gut daran, als die knapp Vierjährige mit dem Harmonium spielte, so als hätte sie schon Unterricht gehabt. Im selben Moment erklang Klaviermusik aus der Nachbarschaft, vom Dachboden der Frau Putz.
Andächtig hörte Martina zu und sie erkannte natür-

lich genau, wann Frau Putz spielte und wann ihre Tochter. Wenn auch mitunter viele Missklänge Schmerzen in den Ohren verursachten, Talent hatte das Mädchen und Martina nahm sich vor, das zu fördern, koste es, was es wolle.
Karin Putz verlangte kein Geld, Martina reinigte für die alte Dame die Wohnung und Lena besorgte ihr die Einkäufe. Und jeden Sonntag wurde die sehr liebevolle, längst pensionierte Musikprofessorin zum Mittagessen eingeladen. Ihr Sohn lebte mit seiner Familie in Wien und kam nur ganz selten zu Besuch.
Martina schätzte diese Frau sehr und war glücklich über die gegenseitige Hilfe. Klavierstunden hätte sie sich niemals leisten können, denn sie fristete ihr Dasein durch Näharbeiten und eine spärliche Kriegerwitwenrente.
Sie hatte ursprünglich das Schneiderhandwerk erlernt, aber kurz nach der Gesellenprüfung hatte Martina ihren Mann kennengelernt und ein Jahr später hatten sie geheiratet, dann war sie zu Hause geblieben. So hatte sie eben nur eine geringe Berufserfahrung, aber für kleinere Arbeiten reichte es.
Das Nähen machte ihr nicht wirklich Freude, doch es war ein kleines, sehr wichtiges Zubrot. Meistens wurde sie mit Lebensmitteln entlohnt, aber damit war sie sehr einverstanden.
Martina stapelte gedankenverloren das Holz an der Hausmauer, das sie aus der Salzach gefischt hatte und erschrak, als plötzlich ihre Nachbarin Gerti vor ihr stand und sie scherzend ansprach. „Deine Nerven sind auch nicht mehr die besten. Wo warst du denn schon wieder mit deinen vielen Gedanken?"
„Nicht im siebten Himmel!"
Gerti lachte schallend laut.

„Weißt du noch, wie mein Vater die schönen alten Sessel, meine Gehschule und einen Liegestuhl verheizt hat, damit er uns eine warme Stube anbieten konnte?"
„Zu gut. Komm, Gerti! Setzen wir uns ein wenig in die Sonne. Hoffe, die wackelige Bank hält uns noch aus." Gerti drückte Martina ein paar Fotos in die Hand.
„Oh Schreck lass nach!" Martina erkannte sofort, dass es sich um die Fotos der Erstkommunion von Lena handelte.
Gertis älteste Tochter war auch bei der Gruppe.
„Mein Gott, war das peinlich."
„Aber geh, was hast du denn, auf dem Foto sieht man ja die Löcher in der Schulsohle nicht."
„Mir reichts, dass alle die Löcher gesehen haben, als die Kinder vor dem Altar knieten. Ich wäre am liebsten im Erdboden versunken."
Gerti lachte aus vollem Hals und Martina lächelte etwas zögerlich.
„Wir hatten und haben doch alle unsere Probleme, außer die Reichen, die sichs schon wieder richten und die Juden, die schon wieder Geld haben und schachelen und schachelen."
„Gerti, geh nicht auf die Juden los, ich sage nur Auschwitz und so!"
„Ja, ja, hast ja recht, aber manchmal nervt es mich eben. Und vergast..."
„Schluss jetzt!", unterbrach Martina sie heftig, Gerti erkannte, dass ihre Äußerungen ein Fehler waren und blitzschnell wechselte sie das Thema.
„Martina, du, stell dir nur vor, vorgestern war meine allerliebste Schwiegermutter da und hat mir einen frisch gerösteten Bohnenkaffee gebracht."
„Oh! Wie schön, so ein frisch gerösteter Kaffee ist schon etwas Feines."

„Ja, ja, ich mahlte sofort eine Hand voll Bohnen und bereitete dann einen frischen Kaffee zu. Doch ich hatte keine Milch im Haus. Aber diese Blöße wollte ich mir vor dem Schwiegertiger nicht geben, so ging ich ins Schlafzimmer und pumpte mir heimlich aus meinem Busen Milch ab."
Martina grinste. „Und? Schmeckte ihr der Kaffee?"
„Und wie ihr der Kaffee geschmeckt hat, wenn sie das wüsste, dass das meine Milch war. Oije! Oije!"
Die Frauen lachten lauthals, dabei weckten sie das Baby, das im Korb unter dem Kirschbaum lag. Gerti lief schnell. „Jetzt brauche ich schon wieder meine kostbare Milch."
Die junge tatenlustige, blonde Frau setzte sich unter den Baum und stillte das Kind, da sah sie den Briefträger kommen. „Martina, bitte nimm dem Karl die Post ab!" Martina ging zum Gartentor, ließ den Karl gar nicht eintreten und nahm ihm die Post von allen Parteien ab.
Martina laut: „Eine Karte aus Hintersee. Für mich!", rief sie freudig.
„Was schreibens denn? Haben sie endlich ein Goldstück für dich gefunden?", fragte Gerti frech.
„Vielleicht, denn ich soll kommen!"
Am darauffolgenden Samstag fuhr Martina mit Lena nach Hintersee. Sie nahmen den ersten Postautobus, der schon um sieben Uhr früh fuhr. Lena war etwas müde und grantig, denn sie genoss es mittlerweile, dass sie am Samstag auch ausschlafen konnte. Seit das Mädchen ins Gymnasium ging, hatte sie an diesem Tag schulfrei.
Eine große und freudige Überraschung erwartete die beiden.
Nach einer langen und intensiven Begrüßung überreichte Irma, die Labäuerin, Martina einen Brief von Elisabeth und David. Lena jubelte. Aber zuerst

begrüßte das zarte, sehr tierliebende Mädchen den Hund Struppi überaus intensiv. Und so wie er hieß, so sah er auch aus.
„Lies, Mama! Lies! Wo sind sie?"
Martina las laut:

Liebe Martina,
nachdem meine Post an dich unbeantwortet blieb und einmal retour kam, versuche ich es über Hintersee und hoffe sehr, dass dich mein Schreiben dieses Mal erreichen wird.
Mein Gott, was haben wir für eine Zeit erlebt! Wir sind damals leider nicht in die Schweiz, war nicht möglich, und auf einigen Umwegen und vielen Strapazen, aber immer unter sehr netten und hilfsbereiten Menschen, sind wir in Italien, in Assisi, gelandet. Dort im Kloster sind wir aufgenommen worden! Mein Mann wurde leider noch in Salzburg von den Nazis festgenommen, es war schlimm, einfach furchtbar (Endstation Mauthausen hat mir nach dem Krieg ein Freund mitgeteilt). Der große Überlebenswille und vor allem meine heilige Pflicht David zu beschützen, so gut es ging, hat immer wieder Kräfte freigesetzt.
Von Assisi sind wir nach dem Krieg nach Bozen, damit David eine deutsche Schule besuchen konnte, aber ich hielt dort die Menschen nicht aus und das Klima in Bozen auch nicht.
So lebe ich nun in Mailand. Auch hier hat David eine deutsche Schule und ich arbeite, du glaubst es nicht, in einer großen Schuhfabrik! Inzwischen sogar als Vorarbeiterin, das heißt 40 Frauen werkeln mit viel Stress unter meiner Anleitung. Wenn das meine Eltern wüssten, die würden sich im Grab umdrehen, denn mein Vater war immer besonders stolz darauf, dass ich so sprachenbegabt war und studieren konnte.

Wir haben eine ziemlich bescheidene Wohnung, aber ich bin ganz glücklich hier. Vielleicht gehe ich nach Genua, dort suchen sie einige Übersetzerinnen, aber ob ich für David in der deutschen Schule einen Platz bekomme, das ist noch sehr in der Schwebe. Zurück nach Österreich will ich auf keinen Fall mehr, obwohl du, liebe Martina, dort lebst und du meine allerbeste Freundin bist. Aber der Schock, den ich erlebt habe, sitzt zu tief. Und wenn ich an das Konzentrationslager Mauthausen nur denke, dann zieht sich mein Magen zusammen und mir wird kotzübel, also ich werde Österreich nie, nie mehr betreten.

Martina macht eine Pause: „Mein Gott, wie schrecklich!"
Lena neugierig: „Was ist in Mauthausen geschehen?"
Martina ungeduldig: „Später Schatz!"
„Dann lies weiter!"

Wie geht es denn deiner lieben Tochter? Lena ist so ein großer Schatz gewesen, wie sie damals im Kohlenkeller liebevoll mit David gespielt hat. David spricht oft von Lena, vielleicht könnten die beiden einen Briefwechsel beginnen, das wäre doch schön."
Auf dem Briefpapier waren ein paar unschöne Flecken erkennbar.
*„Entschuldige, wenn ich meinen Brief verunstaltete, etwas verschmierte, aber ich ließ gerade meinen Tränen einen freien Lauf. Es ist aber alles noch leserlich.
Wie geht es deinem Mann? Er wird an der Front auch viel Schlimmes erlebt haben.*

Martina machte abermals eine kurze Pause und mit nassen Augen sagte sie: „Von wegen Schlimmes erlebt. Es ist das Schlimmste passiert, was nur passieren konnte. Schlimmes, wie sich das eben anhört."

Vielleicht könnten wir uns einmal treffen? In Udine? Wir hätten eine ganz gute Zugverbindung. Und an einem Sonntag wäre es auch billiger. Könnte aber auch nach Sterzing kommen. Nur für dich wäre natürlich Udine besser. Oder? Ich möchte euch drei, DICH, Georg und dein kleines Mädchen, so gerne bald wiedersehen. Auch Irma!
Ich leg dir ein Foto von uns beiden bei, sehr herzliche Grüße und liebe Freundin in Gedanken umarme ich dich. Deine Elisabeth. Und David grüßt auch sehr herzlich, vor allem die kleine Lena.
PS:
Die Briefe, die ich dir schrieb, hatten keinen anderen Inhalt, außer dass ich beinahe nach New York ausgewandert wäre. Dort sind Freunde von uns, aber die Menschen hier in Italien sind so besonders, so herzlich. So blieb ich lieber. Hier kann ich ein Mensch sein. Und außerdem, für eine neuerliche Flucht war ich auch zu feige.

Martina legte den Brief weg und heulte. „Mama! Sei nicht traurig. Wann fahren wir nach Udine?"
Irma lachte. „Kostet viel Geld mit dem Zug."
„Wir werden sehen. Ein wenig sparen muss ich schon."
„Mama! Sag, was hat Elisabeth mit Mauthausen gemeint? Sag!" „Das erzähle ich dir auf der Heimfahrt. Ja?"
Lena ging mit dem Hund hinaus und spielte herzhaft mit ihm.
Martina hatte für Irma eine Schokolade, Kaugummi und einen Nescafé mitgebracht, die freute sich rie-

sig und bedankte sich herzlich dafür. „Schokolade und Kaugummi. Na, die Kinder werden schauen. Wo hast du diese Sachen her?"
„Von den Amerikanern, ich helf manchmal im Casino an der Bar aus. Da gibt es einen schwarzen Soldaten, der schenkt mir und Lena immer wieder etwas."
Nach einer Weile bemerkte die Bäuerin fast ein wenig grob. „Die Amerikaner! Die machen, was sie wollen. Bei uns habens seinerzeit das Nazigold versteckt, was ihnen gar nicht gehörte und auch so manches Reh ist für die erlegt worden, aber wir dürfen nicht einmal mehr einen Hasen schießen."
„Ich finde aber, dass uns die Amerikaner sehr geholfen haben oder sehe ich das falsch?"
Irma machte eine abfällige Handbewegung und Martina erwähnte noch sehr vorsichtig: „Gott sei Dank, leben wir nicht in der Sowjetischen Besatzungszone, dort geht es den Bewohnern nicht so gut und oft werden sie ausgebeutet."
Irma wurde etwas laut: „Und die Frauen werden vergewaltigt!", sagte die Bäuerin wütend. „So wie unsere Resi."
„Komm, gehen wir ein wenig spazieren", sagte Martina sanftmütig. „Und dann erzählst du mir alles."
Die Bäuerin legte die Hausschürze ab, rief Lena und den Hund und dann gingen sie zu dritt mit Struppi über den Feldweg zum Wald, die Bäuerin erzählte, kindgerecht, und zeigte den beiden, was alles neu gebaut wurde.
„Ganz schön reich seid ihr hier in Hintersee."
„Was heißt ihr. Sind nur ein paar Auserlesene, die bauen und die Kinder studieren lassen können. Und nicht nur hier, auch in der Faistenau gibt es ein paar Goldsammler."
Martina hörte eine große Bitterkeit aus ihrer

Schilderung heraus und tröstend sagte sie: „Ja, du weißt eh, wie das ist. Sind immer wieder welche, die es sich gut richten können. Aber euch geht es doch nicht schlecht. Oder?"
„Wir kämpfen schon, aber es geht. Und ich möchte keine einzige Münze von diesem Gold. Weiß noch gut, wie die Lastautos in der Nacht nach Hintersee fuhren. Mit riesigen Kisten und Goldsäcken sind sie angekommen und mit Wildfleisch sind sie weggefahren. Und die Goldsäcke haben viele Löcher gehabt. Viele!" Sie lachte bitter.
„Aber besser, es haben sich hier einige bereichert, als es wären nochmals Waffen gekauft worden. Stelle dir das einmal vor."
„Ja, ja, aber es klebt auch Blut dran. Der Luggi, der zu viel wusste, den habens einfach..."
Martina fasste die Bäuerin am Arm und sagte: „Das ist kein Gesprächsstoff für uns Stadtmenschen. Je weniger wir wissen, desto besser!" Und sie deutete mit dem Kopf auf Lena. Martina pflückte noch ein paar Kräuter und als sie wieder im Haus waren, fragte die Bäuerin: „Ein paar Knödel und ein bisserl Kraut esst schon mit uns, bevor ihr wieder fahrts?"
Als sie gerade beim Essen saßen, auch der Bauer und der jüngste Sohn waren dabei, sahen sie, wie ein zerlumpter Wanderer mit Vollbart langsam humpelnd auf das Haus zukam.
Lena neugierig: „Wer ist denn das?"
„Ach, das ist unser Bettlflink!", lachte die Bäuerin. Sie richtete ihm einen Teller mit Knödel und Kraut und stellte ihm diesen auf den Tisch vor der Haustür. Als sie zurückkam, meinte sie: „Wenn er sich in Hintersee aufhält, dann schläft er immer in unserem Heustadl, der auf der Kreuzwiesn steht. Er ist ganz harmlos. Das arme Manderl ist ein Kriegsgeschädigter, der seine ganze Familie verlo-

ren hat. Er wandert bis nach Strobl und wo er etwas kriegt, dort bleibt er halt. Aber arbeiten will er nicht. Vielleicht kann er nicht."
Lena ziemlich vorwurfsvoll zum Hund: „Du hast nicht einmal gebellt, als er kam. Was bist du bloß für ein Wachhund?"
„Ach, der Struppi kennt ihn ja schon viel zu gut."
„Darf ich zum Pferd gehen?", fragte Lena, als sie mit dem Essen fertig war.
„Aber natürlich, Lena. Schau, da habe ich eine alte Karotte, die kannst du ihm geben. Aber mit der flachen Hand!"
Lena und Struppi sausten hinaus.
„Ganz ein fesches, zartes Mädchen, deine Lena. Schaut aus wie du, nur die blauen Augen, die hat sie von ihrem Vater. Und ich bin so froh, dass wir jetzt wissen, dass es Elisabeth und dem Buben gut geht."
Martina sagte nichts, aber lächelte.
Also Lena wieder kam, sagte sie ganz leise: „Der Mann, der stinkt ein wenig!"
Martina meinte: „Und du duftest wunderbar nach dem Pferd und dein Kleid ist alles andere als sauber."
„Mama, was heißt Kriegsgeschädigter?"
„Wenn jemand im Krieg so verletzt wurde, dass seine Seele und sein Körper es nicht mehr schaffen, ein normales Leben zu führen. Du hast gehört, er hat seine ganze Familie verloren und wahrscheinlich auch sein Zuhause. Manchmal brauchen diese Menschen jahrelang, bis sie sich wieder einigermaßen von diesem Unglück erholt haben."
Die Bäuerin engagiert und laut: „Der, der gute Mann erholt sich in diesem Leben nicht mehr, da gehe ich jede Wette ein."

Auf der Heimfahrt sprach Lena nur von David. „Ich

schreibe ihm gleich morgen einen Brief. Oder heute noch? Hast du hoffentlich ein besonders schönes Briefpapier? Sag, Mama!"
„Besonders schönes?" Martina lachte. „Besser, du schreibst besonders schön und machst keine Rechtschreibfehler..."
Lena fiel ihr ins Wort: „Mama! Was war denn so schrecklich in Mauthausen?"
„Psst, nicht so laut!" Leise, abgeschwächt der brutalen Tatsachen, erklärte ihr Martina, was dort geschah. „Vermutlich wurde auch der arme Amon dort in der Gaskammer getötet. Einfach schrecklich."
Martina nahm Lenas Hand, streichelte sie. „Ich hoffe, dein alter Geschichtslehrer hat recht und es gibt nie wieder Krieg in Europa."
„Im Turnunterricht hat der Ernsti erzählt, dass sein Vater meint, dass sie von den Saujuden noch immer zu wenig vergast haben."
Martina erbleichte und drückte Lenas Hand so fest, dass das Mädchen aufschrie. „Entschuldige bitte, aber sage diesen scheußlichen Satz nie, nie wieder, hörst du: nie wieder!"
Lena entzog ihr verärgert die Hand und entgegnete: „Aber einige haben gelacht."
Martina umarmte ihre Tochter. Sie kämpfte mit den Tränen und dachte: Wie soll ich jemals all dieses Elend, die vielen furchtbaren Gräueltaten, die Folterungen und Ermordungen, meiner Tochter richtig erklären können. Wie?
„Mama! Ich möchte so gerne einen Hund. Bitte!"
„Oh, jetzt kommt das Einser-Thema wieder. Vielleicht auch noch einen Haflinger? Wir haben weder den Platz noch die Zeit dazu. Und außerdem, ein Hund kostet Geld. Futter, Tierarztkosten und was weiß ich noch alles."

Lena schmiegte sich ganz eng an ihre Mutter und dachte. Wenn ich groß bin, dann kaufe ich mir eben selber einen Hund.
Engagiert und mit großer Freude kochte Martina ein Sonntagsessen, sie wollte Frau Putz mit einer Kräutersuppe mit Rahm und Kartoffeln mit Sauerkraut besonders verwöhnen. „Lena, holst du bitte Frau Putz ab?"
Das Mädchen lief hurtig, aber kam erst nach langer Zeit alleine zurück. „Die Suppe wird kalt. Setzt euch!"
„Frau Putz ist nicht zu Hause. Ich habe geklopft und geklopft, aber es rührt sich nichts."
Martina ging gemeinsam mit Lena zur Frau Putz, doch scheinbar war sie wirklich nicht da. „Komisch, sie gibt mir sonst immer Bescheid, wenn sie weggeht. Und wo soll sie auch hingehen?"
„Vielleicht wissen die Nachbarn, wo sie ist."
Martina ging zu den Nachbarn und erklärte ihnen alles. Eine Nachbarin hatte einen Zweitschlüssel.
Bevor sie aufsperrte, klopfte sie noch ein paarmal kräftig an der Tür. Karin Putz war tot. Sie war sichtlich ganz in Ruhe eingeschlafen.

Die kleine Lena weinte ganz bitterlich auf der Beerdigung und Martina war auch sehr traurig.
Ihr Sohn, der mit seiner Familie aus Wien anreiste, war ebenfalls anwesend. Anschließend besuchte er Martina und Lena und zeigte ihnen das Testament seiner Mutter. „Das Klavier hat sie der Lena vermacht, aber es tut mir leid, das brauchen wir selber. Nichts für ungut." Und noch ehe Martina dem Mann einen Platz anbieten konnte, war er auch schon wieder verschwunden.
Martina wusste nicht, wie ihr geschah. Was sollte sie tun? Um das Klavier kämpfen?

Lena neugierig: „Frau Putz wollte mir das Klavier schenken? Wie schön!"
„Ja, ja, aber er braucht es selber, hast ja gehört und außerdem ist dieser grässliche alte Flügel ziemlich verstimmt und einen Klavierstimmer können wir uns jetzt grad gar nicht leisten." Zornig fügte sie noch dazu: „Und überhaupt und außerdem wohin mit dem Riesentrum? Wir haben gar keinen Platz."
„Im Schlafzimmer stellen wir alles ganz eng zusammen, dann geht das schon." Martina schüttelte kräftig mit dem Kopf.
„Und wo kann ich jetzt spielen?"
„Irgendeine Lösung werden wir finden, welche auch immer."

Eine Woche später schrieb Lena einen Brief an David:

Lieber David, du weißt gar nicht, wie sehr ich mich über euren Brief gefreut habe. Habe oft an dich gedacht.
Ich leide gerade so sehr. Meine Klavierlehrerin ist gestorben und jetzt träume ich jede Nacht von dieser schrecklichen Beerdigung. Aber mehr leide ich noch darunter, dass ich jetzt nicht mehr Klavier spielen kann, weil ich bei der Lehrerin auf dem Dachboden immer üben durfte.
Und stell dir vor, Frau Putz, so hieß sie, hat mir im Testament ihr Klavier vermacht, doch ich bekomme es nicht. So eine Gemeinheit! Und Mama kämpft nicht darum. Wir haben kein Geld, um uns ein neues zu kaufen.
Ich gehe jetzt ins Gymnasium und das ist ganz nett.
Wie geht es dir? Du besuchst eine deutsche Schule in Mailand, das klingt ganz nobel.
Hoffentlich fahren wir bald mit dem Zug nach Udine,

wo wir uns dann treffen können. Ich schicke dir ein Foto von mir. Schickst du mir bitte auch noch eines von dir? Das andere mit deiner Mama steckt nämlich im Kredenzfenster, aber ich möchte eines für mich allein haben. Und ich schicke dir auch eine ganz genaue Zeichnung, wo wir jetzt wohnen.
Liebe Grüße und bleib gesund!
Deine Lena

„Ich habe für deinen Brief fast einen Schilling bezahlt, so schwer war der."
Lena schaute etwas betroffen und schob ihre Schultern nach oben.
„Was hast du denn alles geschickt?"
„Eine Zeichnung, ein Foto und so."
„Also einen Schilling kostet die kleine Bensdorp-Schokolade, dann kaufe ich dir eben diese Woche keine."
Lena wütend: „Ist mir eh egal!" Weinend lief Lena in das Schlafzimmer. Martina ging ihr nach und wollte das Mädchen streicheln.
„Lass mich!"
„Oh, so sehr habe ich dich gekränkt!" Martina schnappte Lena, umarmte sie zärtlich und das Mädchen schluchzte dabei so sehr, dass ihr kleiner Körper nur so bebte. Lena tat es gut, einmal so richtig nach Herzenslust weinen zu können, und all ihre Sorgen schwammen dabei weg. Erleichtert ging sie ins Bad und wusch ihr Gesicht. Auch Martina kam ins Bad und reinigte ihre Bluse.
„Hab ich dich angerotzt?"
„Ja, schau her!"
Mutter und Tochter lachten herzlich.

Martina ging mit Lena ins Dorotheum. Für diesen Nachmittag stand ein Klavier zur Versteigerung

ausgeschrieben und ihre Kleine nahm sie deshalb mit, denn schließlich musste ja sie damit spielen.
In dem großen Raum, dort, wo die Versteigerung stattfand, saßen kaum Menschen. Vielleicht haben wir Glück, dachte sich Martina. Sie hatte vor ein paar Tagen einen sehr wertvollen Ring verkauft, ein Erbstück, dass sie im Krieg immer wieder von Ort zu Ort gerettet hatte, und wollte nun endlich ihrer Tochter ein Klavier schenken. Es musste ein Piano sein, denn ein Flügel hätte in der kleinen Wohnung keinen Platz. Lena war ganz still und verfolgte aufmerksam das Geschehen. Außer dem Klavier gab es kunstvolle Kleinmöbel, Bilder, Schmuckstücke und edle Vasen, die versteigert werden sollten. Ein elegant gekleideter, älterer Herr stand auf einem Podium, ein jüngerer Mann brachte ihm die Gegenstände, die dann angepriesen wurden. Das Klavier stand auch auf dem Podium.
„Mama, ist das schön!" Martina lächelte, war aber ziemlich aufgeregt, ihr Herz pochte bis zum Hals. Sie flüsterte: „Hoffentlich haben wir genug Geld."
Aber bereits der Ausrufungspreis war knapp an der Grenze des Möglichen und so konnte Martina sehr bald nicht mehr mitsteigern. Ihr Blick ging durch die Reihen und dann stand sie auf, nahm ihre Tochter an der Hand und verließ den Saal.
Still, enttäuscht und sehr nachdenklich spazierten die beiden durch den schönen Mirabellgarten, vorbei am Landestheater, über die Staatsbrücke, dann schlenderten sie zum Alten Markt und gingen ins Café Tomaselli.
Da sah sie auch schon Josef, den Oberkellner. Josef war immer wie ein Vater zu ihr und er wusste auch, wie man mit Auswegen aus Irrwegen herausfindet. Außerdem kannte er die ganze Stadt. Nach einer sehr herzlichen Begrüßung bestellte Martina für

Lena eine heiße Schokolade und für sich einen kleinen Braunen.
Josef sah irgendwie ein wenig aus wie der Schauspieler Hans Moser. Sie fragte ihn, ob sie beim Toiletteneingang, dort wo das Telefon ist, einen Zettel anbringen könnte. Sie suche für Lena ein günstiges Klavier, und zwar ein Piano. „Ja, ja! Mach nur. Aber ich glaube, da habe ich noch eine bessere Idee. Kommt morgen um neun Uhr noch einmal her, da frühstückt unser Herr Professor Neunteufel, der kennt viele Musiker und da wird sich schon was ergeben."
So war es auch. Und Lena bekam endlich das ersehnte Klavier.
Das Mädchen war überglücklich, aber auch Martina, denn sie wollte das große Talent ihrer Tochter unbedingt fördern. Und wenn sie sah, mit welcher imponierenden Begeisterung Lena spielte, dann fühlte sie sich sogar dazu verpflichtet, dem Mädchen diesen musischen Weg zu ermöglichen. Besonders froh war Martina darüber, dass das Klavier gar nicht so teuer war und vor allem auch darüber, dass Professor Neunteufel anbot, Lena einmal in der Woche eine Unterrichtsstunde zu geben. Als Gegenleistung hatte er sich gewünscht, dass Martina ihm seine Hemden wäscht und bügelt. Er als alter Junggeselle, so meinte er, tue sich etwas schwer.
„Das mache ich sehr gerne, Herr Professor! Aber ich fürchte, das reicht nicht aus als Gegenleistung. Was könnte ich denn sonst noch tun?"
Der Professor lächelte und meinte: „Und ob das reicht. Sind viele Hemden!"
Martina liebte den Humor dieses Mannes und sein großes Engagement für die Musik. Er sah auch irgendwie lustig aus, seine mit längeren Haaren

umrandete Glatze, sein kleines Bäuchlein und seine kleinen Froschaugen, die er hinter einer starken Brille versteckte. Besonders auffallend waren seine schönen Hände. Der Musiker hatte bis zu seiner Pensionierung im Mozarteum unterrichtet und der jetzige Rektor Professor Bernhard Paumgartner zählte zu seinen besten Freunden.
Was für ein Glück, dachte Martina, dass wir diesen Mann kennengelernt haben. Er hat auch so etwas Erhabenes, durch und durch ein sehr angenehmer Mensch.

„Lena! Hilf mir bitte beim Fensterputzen, denn heute kommt der Professor. Ich will, dass alles blitzsauber ist."
„Eigentlich müsste ich..."
„Nein, nein, nein, du musst gar nichts!" Martina drückte ihrer Tochter eine alte Zeitung und ein Tuch in die Hand und stellte ihr einen Eimer voll Wasser vor die Füße. „Das Tuch machst du nass, dann gibst du ein paar Tropfen Essig drauf, aber nicht zu viel und los gehts. Wisch, wisch! Dann mit der Zeitung trocken polieren."
Lena hatte so gar keine Freude, sie dachte sich, so eine blöde Arbeit, aber Mama macht diesen ganzen Zirkus ja für mich und verärgern darf ich sie nicht. Also, los gehts.

Martina bot dem Professor einen Kaffee an, doch er lehnte ab. Wahrscheinlich ist ihm mein Kaffee nicht gut genug, dachte sie sich. Sicher ist er im Tomaselli, in seinem Stammkaffeehaus um vieles besser, aber irgendwie fand sie es unhöflich, dass er ablehnte. Doch der Professor hatte vorerst nur die Talentprobe im Kopf.
„Nun, mein Fräulein, schauen wir einmal, was du

schon alles kannst. Spiel mir einfach irgendetwas vor, aber bitte auswendig."
Lena setzte sich zum Klavier, dachte ein wenig nach, räusperte sich, so als müsste sie auch singen und dann begann sie den Radetzky-Marsch zu spielen.
Oh Gott! Oh Gott!, dachte sich Martina entsetzt, ausgerechnet den Radetzky-Marsch, der militärisch als Kampf- und Siegesverehrung schlechthin galt. Und das in meinem Haus. Laut sagte sie verärgert: „Kannst du nichts anderes vorspielen?"
Lena erbleichte und hörte auf zu spielen.
„Das ist schon in Ordnung, bei dem Stück erkenne ich sofort das Talent", erwiderte der Professor.
Martina entschuldigte sich und flüchtete in den Garten, dort hörte sie, dass Lena abermals den Radetzky-Marsch spielte und sie seufzte tief. Teufel auch. Bin ich zu empfindlich? Dachte sie sich, aber das Schicksal hat mir keine andere Wahl gelassen, als alles zu hassen, was mit Krieg und den sogenannten Helden zu tun hat.

Professor Hans Neunteufel schlenderte vergnügt zu seinem Freund Bernhard Paumgartner.
Paumgartner, der in den Kriegsjahren von den Nationalsozialisten als Direktor des Mozarteums gefeuert wurde, aber nun wieder aktiv war, hatte für seinen Freund Neunteufel immer Zeit und ein offenes Ohr. „Alter Freund! Schön, dich zu sehen", begrüßte er Neunteufel lächelnd.
Neunteufel, der fast ausschließlich für die Musik lebte, sie stand im Mittelpunkt seines Alltags, hatte mit Lena eine große Freude und das musste er Paumgartner mitteilen. „Wenn sie nicht in der Pubertät zu spinnen anfängt, wie viele Mädchen, dann wird das eine talentierte Pianistin werden,

dafür werde ich höchstpersönlich sorgen!" Dann lächelte er ein wenig verlegen. „Und die Mutter, die gefällt mir auch nicht schlecht."
„Dir gefallen immer wieder fesche Frauen und dann kommst du über einen Rosenstrauß nicht hinaus", meinte Paumgartner grinsend. „Aber sag Bescheid, wenn du vielleicht endlich diesen Schritt zum Standesamt wagst und wenn du einen Trauzeugen brauchst."
„Heiraten? Ich? Entsetzlich! Über ein halbes Jahrhundert lebe ich alleine und dann, und dann soll ich heiraten? Was dir nicht alles einfällt. Du weißt, generell sind die Menschen alle träge und wollen keine Veränderung. Und ich hätte Angst davor."
„Feigling!", erwiderte Paumgartner und klopfte seinem Freund auf die Schulter. „Aber wenn dann das Mädchen reif ist für das Mozarteum, dann schick es mir."
„Darauf kannst du dich verlassen."

„Mamilein! Ich habe einen Riesenhunger!" Lena schleuderte ihre Schultasche auf den Boden, gab Martina einen Kuss und schaute in den Kochtopf. „Uh, das riecht aber gut." Lena holte die Teller aus dem Schrank und deckte den Tisch, dabei fiel ihr Blick auf einen Brief, sie nahm ihn in die Hand und kreischte: „Ein Brief von David. Mama!"
Ungeschickt streifte das Mädchen einen Teller, der zu Boden fiel und zerbrach. „Oh, tut mir leid." Das Mädchen hob die Scherben auf und lachte. „Scherben bringen Glück."
Martina schüttelte den Kopf und meinte ärgerlich: „Den schönen Teller!"
Lena entsorgte schnell die Scherben und verschwand mit dem Brief flugs im Schlafzimmer.

„Aber hallo, mein liebes Mädchen, was ist mit dem Essen?"
„Hab keinen Hunger mehr."
Martina sehr ungehalten: „Zuerst wird gegessen und dann kannst du den Brief in Ruhe lesen. Kruziwuzi!"
Lena äußerst liebevoll: „Mama, bitte, bitte, bitte! Nur fünf Minuten!"

Liebe Lena!
Danke für deinen Brief und für die Fotos. Du machst allerhand mit. Eine Beerdigung. Kein Klavier. Und ihr müsst genauso sparen wie wir. Aber Mama hat gemeint, dass wir vielleicht im Sommer nach Udine fahren können. An einem Sonntag. Denn im Herbst wollen wir nach Genua übersiedeln. Dort ist das Meer. Die Stadt ist viel kleiner und schöner als hier, hat Mama gesagt. Aber es ist noch nicht sicher. Manchmal haben wir Besuch aus Österreich, der Onkel Josef. Ich mag ihn ganz gerne, bin aber lieber mit Mama alleine. Er ist leider kein Italiener, das wäre mir lieber.
Die Schule gefällt mir nicht so gut, aber es muss halt sein. Die Italiener sind sehr nett. Ich und Mama sind gesund, hoffentlich du und deine Mama und dein Papa auch.
Den Hirschhornknopf, den du mir damals beim Abschied geschenkt hast, habe ich noch. Ich stecke ihn immer in meine Hosentasche. Ein bisserl abgegriffen ist er.
Ich lege dir ein Foto von mir bei.
Schreib bald wieder! Dein David

Lena las den Brief noch zweimal, dann nahm sie das Foto und zeigte es ihrer Mutter. „Schau, Mama! So sieht David jetzt aus. Auf dem Foto mit Elisabeth

ist er noch viel kleiner. Er wirkt so ernst." Martina betrachtete das Bildchen und sagte: „Er sieht aus wie Josef, sein Vater." Lena schüttelte den Kopf. „Amon ist doch sein Vater."
„Ja! Nein! Ach, Lena, du bist wahrscheinlich noch zu jung dazu, um das alles zu begreifen, aber komm, setz dich, wir essen jetzt und ich werde versuchen dir alles zu erklären."
Martina machte es sich nicht einfach mit der Erklärung, aber sie fand auch, dass Lena alles wissen sollte. Und Lena reagierte sehr nachdenklich.
Nach einer langen Pause fragte sie: „Fahren wir im Herbst nach Udine?"
„Auf jeden Fall. Das machen wir. Aber bitte, was ich dir erzählt habe, das soll, das muss ein Geheimnis bleiben. Ja?"
Nickend ging Lena ins Schlafzimmer und las dort noch einmal den Brief von David.
„Lena! Aufgabe machen!"
Lena kam zögerlich, schleppte die schwere Schultasche zum Esstisch und sagte dann: „Heute muss ich einen Aufsatz über einen schönen Sonntagsspaziergang schreiben, aber wir machen doch nie einen. Du musst mir helfen, Mama."
„Was heißt, wir machen nie einen. Manchmal schon und schreib einfach über einen Spaziergang im schönen Hintersee. Beschreibe die wunderbare Natur, dann die Tiere im Stall, deinen geliebten Haflinger und über den Hund Struppi, der dich bei den Spaziergängen begleitete. Und über die schönen Bäche und Wasserfälle. Vergiss nicht den romantischen See zu erwähnen. Die Eiskapelle..."
„Ja, gar nicht schlecht, gute Idee."
Lena schlug das Biologieheft auf und wollte zuerst unbedingt die Zeichnung von einem Schwan fertig machen. Martina sah sich die Zeichnung ziemlich

kritisch an. „Was soll denn das für ein Tier sein?"
„Ein Schwan."
„Ein Schwan? Ein Schwan? Der sieht anders aus."
„Ich bin noch nicht fertig!"
„Mädchen, es fehlt ihm vor allem der wichtige lange Hals."
„Ja, ja, ich weiß schon. Mama, weißt du, warum der Schwan so einen langen Hals hat?"
Martina scherzte: „Damit er dich besser sehen kann, wenn du am Ufer sitzt."
„Mama, jetzt aber ernst."
„Damit er auch unter Wasser mit seinem Schnabel nicht nur viele Pflanzen fressen, sondern auch Klavier spielen kann. So gut wie du!"
Lena lachte laut und herzlich.

Gerti klopfte wie wild an Martinas Tür.
Martina: „Wo brennts denn, liebe Nachbarin?"
Gerti fiel ihr schluchzend um den Hals und Martina befürchtete das Schlimmste.
„Der Möbelhändler, der Möbelhändler, ich habe die zwei letzten Raten nicht bezahlt, der schickt mir jetzt, jetzt gleich seinen Geldeintreiber. Ich, ich bekomme aber erst morgen das Geld, bin total pleite. Kannst nicht du mit ihm reden?"
„Wieviel brauchst du denn?"
„Zu viel! Du weißt, schon die neuen Vollholzmöbel in der Küche…"
„Langsam, langsam", unterbrach sie Martina. „Kommt der vom Gericht und klebt den Kuckuck drauf?"
„Nein, nein, er kommt vom Möbelhaus, er hat gerade angerufen, aber wenn ich heute nicht zahle, dann geht alles zum Gericht. Und dann bin ich in der Rue angelangt. Ich flehe dich an, hilf mir bitte!"
Gerti erklärte Martina schluchzend noch einmal

alles und dann hörten sie auch schon das Auto vorfahren. Die Frauen machten einen Blick aus dem Fenster und Gerti sagte: „Was der für einen Amischlitten hat. Martina, ich versteck mich!"
Martina ganz ruhig: „Ja, versteck dich, lass mich nur machen, ich flirte mit dem, dass ihm das Hören und Sehen vergeht."
„Ich glaube, der versteht keinen Spaß."
Martina nahm ihre Handtasche, deutete Gerti, dass sie in ihrer Wohnung bleiben soll und sie ging dem Mann entgegen. Ziemlich entsetzt stellte Martina fest, als der Mann den Garten betrat, wie eklig und protzig der aussah und dann strahlte sie ihn aber an, als stünde Hans Albers persönlich vor ihr. Sie reichte ihm die Hand, sah ihm dabei tief in die Augen, aber versperrte ihm den Weg ins Haus.
„Sie sind der Chef des Möbelhauses? Es tut mir sehr leid, ich bin gerade erst dabei, das Geld abzuholen. Hab es ganz entsetzlich eilig!"
Der Mann sah die gut aussehende Martina wohlwollend an. „Der Chef, der Chef, der bin ich nun wirklich nicht, nicht direkt..."
„Sie sehen aber so aus." Martina lachte ihn schelmisch an. Dann musterte sie seine auffällig bestickte Lederhose, die Lodentrachtenjacke, behangen mit einer robusten silbernen Uhrkette und das auffällige Edelweißabzeichen auf seinem Hosenträger, sie dachte: Mein Gott, ist der aufgebrezelt. Sagte zu ihm: „Aber so gut wie. Denn Ihre Aufgabe ist eine ganz besondere."
Der Mann lächelte verunsichert.
Sie deutete auf sein Edelweiß. „Schön dieses Edelweiß! Sagen Sie, habe ich Sie nicht einmal im Stieglkeller bei einem Schuhplattlerabend gesehen?"
Volltreffer, der Mann grinste sie total glücklich an

und wurde plötzlich um viele Zentimeter größer. „Das kann schon sein, manchmal plattle ich mit, wenn sie zu wenige junge Männer haben."
„Oh, wie schön! Wenn Sie wieder einmal auftreten, können Sie mir bitte eventuell Bescheid geben?"
Gerti, die das Fenster einen Spalt offen ließ und alles mithörte, war ziemlich erstaunt, welches Theater Martina da aufführte. Und sie wusste zu gut, dass Martina im Gegensatz zu ihr nie und nimmer im Stieglkeller war und dass sie die Tracht, das Schuhplatteln und so alles, was damit zu tun hatte, eher nicht so sehr schätzte.
Der Mann nickte wohlwollend. „Ja, aber heute sollten wir, sollte ich..."
Martina unterbrach ihn. „Bitte können Sie mich ein Stück mitnehmen, ich muss dringend ins Unfallkrankenhaus zu meinem Chef, der wartet mit dem Geld. Bitte! Und morgen komme ich zu Ihnen. Versprochen."
„Morgen erst..."
Martina schnappte energisch den verdatterten Mann am Ärmel und schob ihn zu seinem Amischlitten. Galant öffnete der Mann die Beifahrertür, ließ sie einsteigen, dann schwang er sich auf seinen viel zu großen Fahrersitz und brauste los.
Gerti stieß ein tiefen Seufzer der Erleichterung aus und als Martina nach einer halben Stunde endlich zurückkam: „Danke, dass du mich gerettet hast! Du gehörst auf die Bühne. Dein Schauspieltalent ist umwerfend."
Martina winkte ab und lachte bitter. „Talent? Das lernt man im Krieg. Und eines sage ich dir, mache das nie wieder und wie du das morgen erledigst, ist deine Sache, mache es bitte gut, aber ohne mich."

Erstes Klavierkonzert

Ein Hut mit Rüscherl

David kam aus der Schule und war müde und hungrig. Er sollte sich die Gemüsesuppe aufwärmen, aber es freute ihn so absolut nicht, daher legte er sich ins Bett und las ein italienisches Micky-Maus-Heft..
Immer wenn seine Mutter Frühschicht hatte, war er mittags allein zu Hause, nur manchmal war Josef da und der ging dann mit ihm auf eine Pizza.
Gerade als David beim Einschlafen war, klopfte es an der Tür. Anna, die Nachbarin überreichte ihm einen Brief, der Briefträger hatte ihn irrtümlich in ihre Postkassette gesteckt.
„Per te, Davide!" Anna lachte ihn an.
„Una lettera di Salisburgo!", sagte David lachend. „Grazie, Anna!" Er schloss die Tür mit einem Knall, setzte sich zum Tisch, öffnete den Brief und las:

Lieber David!
Wie geht es dir? Hast du viel zu lernen?
Mama war neulich mit mir auf dem Bahnhof und sie hat sich nach einer Zugverbindung nach Udine erkundigt. Aber so einfach ist das gar nicht. Wir müssten, so glaube ich, sogar zweimal umsteigen. Im Sommer wäre es leichter, da gibt es den Badezug an die Adria.
Mama war ziemlich enttäuscht und sie meinte, sie müsste dann eben etwas anderes organisieren. Aber ich weiß nicht genau was.
Ich habe nächste Woche einige Prüfungen, aber mich freut das Lernen nicht. Lieber spiele ich Klavier. Und Mama schimpft dann manchmal, wenn ich zu wenig lerne, obwohl es mir in der Schule gut geht. Kennst

du das auch? Es grüßt dich heute ganz herzlich (auch deine Mama) deine Lena

David wärmte die Gemüsesuppe und löffelte und löffelte, bis fast nichts mehr übrig blieb. Verflixt, Mama wird ja sicher auch einen Riesenhunger haben. Aber viel wichtiger als Mutters Hunger waren für ihn jetzt seine Gedanken an Lena und wie er es anstellen sollte, dass er bald einmal nach Salzburg fahren konnte, er wollte sie unbedingt sehen und so schrieb er ihr sofort zurück.

Elisabeth verließ nachdenklich die Fabrikshalle und ging gemächlich in das Personalbüro, um ihre Papiere abzuholen.
Der Personalchef überreichte ihr alle Dokumente und die Endabrechnung und bedauerte sehr, dass sie gekündigt hatte. Er wies noch darauf hin, dass die Tür zum Wiedereinstieg für sie immer offen wäre. Elisabeth bedankte sich herzlich, verabschiedete sich von allen und schlenderte zu ihrem Autobus.
So schlecht war die Zeit hier gar nicht, obwohl es immer hektischer wurde. Oder verspürte sie es nur so, weil sie an Jahren zunahm und ihr diese Arbeit überhaupt nicht gefiel? In ihrer Gruppe waren hauptsächlich Menschen aus Süditalien, mit denen sie sich sehr gut verstand. Sie fanden im eigenen Land keine Arbeit und wollten nicht ins Ausland gehen. Viele Italiener wanderten damals nach Deutschland oder in die Schweiz aus, aber nicht alle hatten den Mut dazu.
Als Elisabeth mit dem Autobus an ihrer Haltestelle ankam, ging sie noch ein paar Straßen Richtung Altstadt, um in der großen Konditorei ein paar Kleinigkeiten zu kaufen. So vernascht wie ihr David

war, wird er sich sicher sehr darüber freuen. Und wie sich David freute. „Mama, wunderbar, denn ich habe fast die ganze Suppe gegessen. Also wenn wir das teilen könnten?"
Elisabeth lächelte und bereitete für sich ein Omelett zu.

Lena kam müde und grantig aus der Schule zurück. Martina zeigte ihr den Brief von David. Blitzschnell nahm das Mädchen den Brief und verzog sich in ihr Zimmer.

Liebe Lena,
meine Mama kann jetzt gar nicht nach Udine fahren, weil sie das ganze Geld für Genua spart.
Aber ich spare bereits fleißig für eine Bahnkarte, und zwar direkt nach Salzburg. Vielleicht fahre ich auch per Autostopp, aber das muss unser Geheimnis bleiben: per favore, amore mio!"
Es grüßt dich dein David

Lena dachte traurig, zu einem Treffen in Udine ist es nie gekommen, wer weiß, ob das klappt, dass David nach Salzburg fährt. Vielleicht doch?
Sie las den Brief noch einmal, dann ging sie in die Küche. „Mama, was heißt PER FAVORE?"
„Du bittest um etwas!"
„Und AMORE MIO?"
Martina schmunzelte. „Oh, wie schön! Das heißt MEINE LIEBE!"
Lena wurde ganz verlegen und lief rot an, doch Martina ignorierte es.
„Habt ihr im Freifach nicht Italienisch?"
„Hab mich schon angemeldet. Jetzt muss ich gehen, meine Freundin Barbara wartet." Und weg war sie.
Sehr nachdenklich blickte ihr Martina nach.

Lena wuchs unbeschwert heran, war eine gute Schülerin, aber besonders liebte sie das Klavierspielen, dafür war ihr kein Einsatz zu mühsam.

„Lena, du musst noch leidenschaftlicher werden. Du musst gegen das Orchester antreten und dein Klaviersolo muss ein Bitten und Versöhnen zum Schicksalsdrama der Orchestermusik ausdrücken. Verstehst du?"
Verstehst du?"
Während Neunteufel sehr engagiert sprach, ging er hinter Lena auf und ab, gestikulierte mit den Händen wie ein Dirigent. „Dieses sehr sinnliche d-Moll-Konzert von Mozart, das lebt vor allem von den Gegensätzen. Lass mich mal!"
Lena stand auf, seufzte ein wenig, drehte dem Professor das Stockerl zurecht und nahm die Polster, die auf dem Stockerl lagen, unter ihren Arm.
Neunteufel spielte ganz wunderbar.
„Hör bitte genau zu: In dieser Passage ist es sehr deutlich, dass das Klavier gegen das Orchester spielt", belehrte er Lena nochmals, „und jetzt, leg dich auf die Tasten, denn jetzt musst du neuerlich ganz deutlich eine enorme Harmonie mit dem Orchester spüren." Der Professor nahm tief Luft.
„Also, bitte eine kraftvolle Gegensätzlichkeit und eine außergewöhnlich romantische Harmonie, das musst du mit jeder Phase deines Körpers spüren. Und du kannst das, du hast das Zeug dazu. Da drinnen."
Er stand auf und drückte ihr mit seinem Zeigefinger kräftig auf das Brustbein. „Da drinnen! Verstehst du? Da ganz tief drinnen", wiederholte er temperamentvoll.
Lena reagierte abwehrend. „Ist schon gut."

„Oh, Entschuldigung!" Erst jetzt wurde ihm bewusst, dass er kein kleines Mädchen vor sich hatte und die Berührung äußerst peinlich war.
Martina klopfte an und fragte: „Kaffee, Herr Professor?"
Neunteufel grinste. „Gerne, denn jetzt brauche ich eine Stärkung."
Neunteufel ging mit Martina in die Küche und Lena war sehr erleichtert.
Die Gegensätzlichkeiten klopfte sie dann in die Tasten, dass dem Professor im Nebenzimmer nur mehr ein Staunen übrigblieb und er sich bei Martina sehr lobend über Lenas Fortschritt und über ihr Talent äußerte.
Lena dachte sehnsüchtig an Frau Putz, wie herzig sie mit ihren zerrupften weißen Haaren aussah und wie lustig es doch mit ihr war. Den Professor hingegen empfand sie ziemlich streng und ernst und sie mochte ihn nicht so sonderlich, aber sie wusste, dass er ein sehr guter Lehrer war. Doch das mit dem Zeigefinger und mit dem „muss, muss, muss" soll er in Zukunft lassen.
Lena dachte, immer noch wütend, das werde ich Mama erzählen, aber dann steckte sie den Gedanken sofort weg und es fielen ihr die blöden Sprüche ein, mit denen Barbara und sie von jungen Burschen am Salzachufer belästigt worden sind. Sie verstand die meisten Ausdrücke gar nicht, aber verschmust und geile Titten schon. Gott sei Dank, hat ihnen Barbara die Meinung gesagt und wie. Warum nur sind junge Männer oft sprachlich so vulgär? Ich werde diesen Kerlen nie vertrauen. Schade, dass David so weit weg ist.
Martina öffnete die Tür einen Spalt. „Lena, willst du etwas trinken?"
„Danke, jetzt nicht."

Beim Abendessen erzählte Martina voller Freude: „Lenalein, der Herr Professor Neunteufel hat uns heute zu einem Konzert eingeladen. Ist das nicht toll?"
„Ja, ja, du hast ja schon Herzerl in den Augen. Dieser alte Kracher will sich bei dir einschmeicheln. Der braucht ja schon bald zwei Stöcke!"
„Also, Lenilein, was ist denn das? Er schenkt mir ab und zu Blumen, das ist aber schon alles. Hörst du?"
Mit verstellter Stimme antwortete Lena: „Dein Lenilein ist nicht blöd. Der will dich doch nur ausnützen bis zum Nimmerleinstag."
„Manchmal verstehe ich dich nicht." Martina wollte nach Lenas Hand greifen, aber Lena zog sie zurück, stand auf und räumte den Tisch ab.
„Klopft deine Pubertät wieder einmal an?"
An der Abendkasse trafen Mutter und Tochter den Professor. Zuerst lobte er Lena, dass sie das B-Dur-Konzert jetzt so perfekt spiele und dann machte er Martina Komplimente, wie gut sie aussehe und dass sie immer jünger werde.
Lena überreichte er ein paar Noten. „In Gedanken spielst du einfach mit. Ja?" Lena bejahte und bedankte sich für die Noten.
„Ich darf vorausgehen?", fragte er höflichkeitshalber und drückte alle Menschen beiseite, die ihm im Weg standen.
Wie peinlich ist das denn, dachte sich Lena.
Wenige Minuten später saßen sie in der ersten Reihe des Konzertsaales der Salzburger Festspiele (später Kleines Haus). Gespielt wurde das Klavierkonzert in C-Dur von Ludwig van Beethoven mit dem Pianisten Johann Peter Fockner unter dem Dirigenten Karl Böhm.
Lena vergaß zu atmen, so zauberhaft wirkte die Musik auf sie ein. Und vergaß auch die Noten.

Anschließend erfuhr sie von ihrer Mama, dass auch Bernhard Paumgartner in der Nähe von ihnen saß und sie erklärte Lena, dass Karl Böhm wohl ein sehr begabter Musiker und Dirigent sei, aber nicht sehr beliebt. „Er ist oft hart und unnahbar und behandelt alle seine Orchestermitglieder ziemlich schlecht. Und wohlgemerkt! Er war ein Nationalsozialist, der Lieblingsdirigent von Hitler."
Lena horchte nur halb hin, sie hatte immer noch die schönen Klänge in ihr und jetzt erst warf sie einen Blick auf die Noten und sie wollte nichts als heim, um diese beglückende Stimmung auf ihrem Klavier zu wiederholen.
„Mädchen, du willst gleich heimgehen?", riss sie die Stimme ihrer Mutter sie aus den Gedanken.
Lena nickte. Martina drückte ihr zögerlich den Wohnungsschlüssel in die Hand. „Wenn du unbedingt willst, ich geh mit dem Professor noch auf ein Glas Wein."
Lena nahm den Schlüssel, drückte ihrer Mutter einen Kuss auf die Wange, reichte dem Professor höflich die Hand und weg war sie.
Zu Hause plagte sie sich mit den Noten ab, und nur ansatzweise konnte sie eine Nachahmung der brillanten Musik, die noch immer in ihrem Ohr war, heraushören.
Plötzlich klopfte es laut an der Tür! Lena öffnete und Gerti stand zornig vor ihr. „Was machst du denn mitten in der Nacht für einen Lärm? Wir können alle nicht schlafen!" Und dann knallte Gerti die Tür von außen kräftig zu.
Lena war ganz verdattert, zitterte ein wenig und alles, was ihr im Moment dazu einfiel, war: „Blödes Weib! Lärm nennt sie meine Musik. Wenn aber ihre Kinder mitten in der Nacht schreien, dann ist das wohl in Ordnung. So eine Kuh!"

Liebe Elisabeth,
du ahnst es nicht, wie sehr du mir fehlst. Ich habe schon einen netten Freundeskreis, aber so richtig tiefgehend reden kann ich mit niemandem. Und bei vielen Menschen muss man noch immer sehr vorsichtig sein, was man sagt. Und etliche haben eine ziemliche Scheu, wenn man ihnen gesprächsmäßig zu nahe kommt. Und dann kommt noch diese große Ignoranz dazu, wie sich manche Menschen bei Problemen oder einfach bei den alltäglichen Ereignissen verhalten. Besonders ignorant sind die meisten Getreidegassler, du kennst einige. Reich und schön und die Nase nach oben gerichtet, mit einem großen Sicherheitsabstand zum Fußvolk.
Und stell dir bitte vor, kaum sind die amerikanischen Besatzungstruppen abgezogen, haben sie schon wieder eine neue Nazipartei gegründet, die FPÖ. Es ist nicht zu fassen. Mein Nachbar war total begeistert. Das sind alles fesche, gescheite und sportliche Typen hat er mir mitgeteilt. Gerade dass er nicht gesagt hat wie seinerzeit bei der SS.
Schlecht könnte einem werden und sie wollen jetzt alle Flüchtlinge, die noch hier sind, wieder in ihre Heimat zurückschicken. Da dreht sich in meinem Inneren wieder einmal alles um.
Ich beneide dich so sehr um diese herzliche und fröhliche Umgangskultur in Italien.
Und noch was, liebe Elisabeth, was mir am Herzen liegt, dir zu sagen: Ich habe einen Verehrer, den Klavierlehrer von Lena, aber nichts Ernstes, so ein Flirt am Nachmittag! Wenn du weißt, was ich meine. Aber ich genieße es.
Mein Georg fehlt mir noch immer, auch nach so vielen Jahren.
Wie geht es dir denn? Kommt Josef oft zu dir? Sicher, nehme ich an.

Ich beneide dich, dass du mit deinem David in Italien leben kannst. Und ich freue mich sehr, dass unsere Kinder sich so gut verstehen. Zum Schluss werden wir sogar noch verwandt?
Tausend Grüße und ich umarme dich ganz innig.
Deine Martina

Martina steckte den Brief in ein Kuvert und dann rief sie: „Lena! Lena!" Martina öffnete die Tür zu ihrem Zimmer, da sah sie, dass Lena schlief. Leise machte sie die Tür wieder zu, doch Lena war durch die Rufe wach geworden und stand nun ziemlich grantig in der Küche. „Was ist denn los? Wo brennt es?"
Martina drückte ihr den Brief in die Hand. „Vielleicht schreibst du auch etwas?" Dann neugierig: „Du schläfst am helllichten Nachmittag?"
„In der Schule war es so anstrengend und die Nacht vorher habe ich so lange für den Mathetest gelernt."
„Schon gut. Ich brauche einen Rat von dir, denn am Sonntag gehe ich mit Hans ins Kino und da will ich schick sein." Martina setzte einen Hut auf und drehte sich nach allen Seiten. Lena lachte sehr. „Also, Mamilein, den kannst du wirklich nicht aufsetzen. Siehst aus wie eine alte Kriegerswitwe."
„Entschuldige, bin ich ja auch. Miststück!"
Lena nahm ihr den Hut aus der Hand, setzte ihn selbst auf und betrachtete sich im Spiegel. „Na, so schlecht ist der gar nicht. Ich forme ihn dir um."

Gerti saß im Garten auf der Bank und warf ihrem Sohn und den Nachbarkindern immer wieder einen Ball zu und der Kleine gickste vor Freude. Plötzlich standen Martina und Lena vor ihr. Gerti blieb der Mund offen stehen und das Nächste, was ihr gelang zu sagen, war: „Wie siehst du denn aus?"

Martina überprüfte ihre Kleidung. „Was meinst du?"
Lena begriff sofort, um was es ging, und zeigte sich sehr enttäuscht. Sie hatte sich so große Mühe gegeben.
Gerti erhob sich, warf den Kindern den Ball zu, zeigte auf den Hut und sagte: „Also, dieser Hut, der geht nicht. Der geht ganz bestimmt nicht. Wie ein Kochtopf mit Rüscherl!"
Martina grinste verhalten. „Den hat Lena stilisiert und ich trage ihn, da kannst du, liebe Gerti, sagen, was du willst."
„Ihr seid gemein zu mir. Ich habe mich so bemüht", entgegnete Lena enttäuscht.
Gerti schaute ungläubig auf Lena, dann meinte sie lachend: „Ach Schätzchen, spiele lieber Klavier, das kannst du wirklich gut, aber als Hutmacherin bist du eher nicht, besser keinesfalls geeignet." Gerti bog sich vor Lachen, dabei schupfte sie ihren Busen bis an ihr Kinn und da musste Lena lachen.
„Ich gehe mit dem Hut und dem Professor ins Kino, da fährt die Eisenbahn darüber. Und mir gefällt der Hut. Und wie!" Was eine glatte Lüge war, denn schon vor dem Spiegel hatte Martina große Bedenken, aber Lena beschäftigte sich stundenlang mit dem Hut. Schnitt kunstvolle Kurven, bügelte den Filz mit einem nassen Tuch immer wieder auf, stickte eine Blume auf die Stirnkrempe, die sie schwungvoll auf die Seite drehte, sodass man eigentlich nur ein Auge von Martina sah.
Dabei war Martina so stolz auf ihre Augenpartie. Trotz der Jahre funkelten sie in einem Dunkelbraun mit goldenen Sternen wie bei einer jungen Frau und ihre natürlichen langen schwarzen Wimpern und ihre dunklen Augenbrauen unterstrichen dieses Strahlen.
Martina umarmte ihre Tochter, gab ihr einen Kuss

und sagte: „Lena, Schatz, ich betone nochmals: Mir gefällt der Hut!" Und zu Gerti bemerkte sie schelmisch: „Heute geht man nicht mehr ohne Hut, wenn man elegant sein will." Und weg war sie.
Lena hatte nie erfahren, ob ihre Mutter den Hut auch wirklich am Abend trug oder ob sie ihn vielleicht verschämt in die Tasche steckte, um eventuell besser flirten zu können.
Eines hatte Martina mit dem Professor gemeinsam, auch er flirtete gerne. Zu mehr hatte sie nicht den Mut und ihr fehlte auch das Bedürfnis. Doch sie genoss es trotzdem, in seiner Gesellschaft auszugehen und verwöhnt zu werden. In all den Jahren war sie nie so frei und glücklich. Leben ohne Angst und ein wenig Kultur genießen war wunderbar.
Martina hatte nur eines im Sinn, Lena ein liebevolles Zuhause zu sichern und ihr eine hilfreiche Begleiterin zu sein. Sie wusste, dass ihr das nicht immer gelang, aber wenn sie zurückblickte auf die vielen furchtbaren Ereignisse der Vergangenheit, dann wusste sie es zu schätzen, dass sie sich jetzt mitten im Paradies befanden.
Um Mitternacht begleitete der Professor Martina nach Hause. Er küsste ihr zum Abschied charmant und zärtlich die Hand. „Hans, danke für alles. Es tut mir leid, dass du jetzt noch so einen weiten Weg hast. Vielleicht soll ich dich jetzt begleiten?" Beide lachten herzlich und Martina drückte ihm einen zarten Kuss auf die Wange.

„Mama! Kann Barbara zum Essen bleiben? Wir sind mit dem Lernen noch nicht fertig."
„Aber natürlich, hoffentlich mag sie Krautfleckerl."
„Barbara isst alles! Und wenn sie Hunger hat doppelt so viel." Barbara war Lenas beste Freundin, seit einigen Jahren waren sie in derselben Schulklasse

und für die Matura lernten sie jetzt immer gemeinsam. Allerdings heute waren sie schon fertig, doch Lena wollte ihrer Freundin noch den letzten Brief von David und ein neues Foto zeigen, das musste Mama ja nicht wissen.
Barbara zeigte auf seine Haare und meinte lachend: „Ein Lockenkopf! Welche Farbe?"
„Ich glaube, sie sind jetzt brünett."
„Interessanter Typ!"
Lena lachte zufrieden in sich hinein. „Wie machen wir das mit dem Kino?"
„Wenn wir heute ins Kino gehen, dann ist für mich der Tanzkurs am Samstag gestrichen. Das weißt du."
„Kommt essen", klang es aus der Küche.
„Mama, es riecht so gut. Du, Mama, du musst uns helfen."
Martina sah die beiden Mädchen prüfend an und dann sagte sie: „Euje, das klingt gar nicht gut. Sag schon!"
„Wir wollen ins Kino gehen, der Film mit Christian Wolff, ah, und mit, mit..."
„Mit der Ruth Leuwerik."
Barbara funkte temperamentvoll dazwischen: „Es geht nur um den Mitternachtsblues. Nicht um die Leuwerik."
„Mama! Dieses Trompetensolo, was er spielt, ist so schön, das musst du unbedingt hören. Wirklich. Das wird auch dir gefallen. Mama, bitte geh mit uns!"
„Am Samstag?"
„Nein, nicht am Samstag, da haben wir doch Tanzstunde."
„Ganz schönes Freizeitprogramm für Mädchen, die für die Matura lernen sollen."
„Aber wir können uns gar nicht richtig konzentrieren, weil wir immer an den Film denken müssen."

„Vor allem an das Trompetensolo", meinte Barbara grinsend, „mit dem feschen Christian Wolff."
„Ja, habt ihr den Film jetzt schon gesehen oder wie oder was?"
Wie aus der Pistole geschossen antworteten beide: „Die Vorschau!"
Martina schmunzelte. „Ihr seid mir vielleicht so richtige Mistbienen!"
Aber Martina wollte den beiden eine Freude bereiten, vor allem der lieben Barbara, dieses polnische Waisenmädchen, das im Flüchtlingslager an der Hellbrunnerstraße groß geworden ist und erst vor ein paar Jahren von Verwandten gefunden wurde, traf sie mit ihren Wünschen immer mitten ins Herz. Das arme Mädchen hat genug mitgemacht, denn vor ihren Augen waren ihre Eltern erschossen worden. Martina hatte oft mit Barbara über ihren Verlust gesprochen. Ihr Onkel, ein sehr gestrenger Mann, und ihre untertänige Tante hatten mit Barbara zwar viel Freude, doch die Eltern konnten sie nicht ersetzen. Barbara erzählte kürzlich, dass der Onkel alle Besitzungen, die ihm im Krieg genommen wurden, wieder zurückhaben möchte. Doch sie erlaubten ihm nicht einmal die Einreise nach Polen.
Barbara gab sich meistens eher schüchtern, aber wehe, wenn sie sich ganz frei und sicher fühlte, dann zeigte sie ein ziemlich feuriges Temperament. Zu Hause sprach sie fast immer polnisch und Lena lernte auch ein wenig. Und obwohl Barbara sehr oft in Gesellschaft und im Haus von Martina und Lena war, gab es nie eine Gegeneinladung.
„Warum laden die uns nie ein? Warum nicht?", fragte Lena eines Tages.
„Ach Mädchen, die haben einfach nur Angst."
„Vor uns? Das ist ja lächerlich. Wo denkst du hin?"

„An diese Menschen. Wenn man so viel Unglück auf sich nehmen musste, dann wird man oft sehr vorsichtig und misstrauisch. So ist das."
„Gehst du mit auf den Friedhof? Deine Oma hat heute Geburtstag."
Lena versuchte zu erklären, dass sie für die Schule noch etwas vorzubereiten hätte.
„Wir bleiben nicht lange. Komm!"
Als sie vor dem Grab standen, erinnerte sich Lena wieder daran, wie sie vor Jahren zu Weihnachten, am Heiligen Abend, es war schon dämmerig gewesen und unzählige Kerzen hatten auf den einzelnen Gräbern gebrannt, mit der Blockflöte „Stille Nacht! Heilige Nacht!" gespielt hatte. Wie ihre Mutter dabei geschluchzt hatte und wie es rundherum ganz still geworden war. Und dann, als sie fertig gewesen war mit der zarten Melodie, hatten die Menschen, die an den Nachbargräbern geweilt hatten applaudiert. Das war so ein Gefühl zwischen Freude und Scham gewesen, aber die Freude hatte überwiegt und die Stimmung von Trauer, Ehrfurcht und Frieden, die auf dem Friedhof ganz deutlich zu spüren gwesen war, hatte im Mittelpunkt gestanden. Für Lena war dies ein sehr tiefgreifendes und schönes Erlebnis gewesen. Freudig hatte sie gespürt, wie sehr Musik verbindet.

„Sag mal, kommst du überhaupt noch mal heim? Das Essen ist kalt und ich muss weg. Wo warst du denn so lange?"
„Ich habe geübt, geübt und geübt, denn ich darf in der Aula zur Eröffnung des Festspielhauses meinen heißgeliebten Chopin spielen. Wir führen das Klavierkonzert in e-Moll auf und du weißt, wie sehr ich vor allem die Romanze, den zweiten Satz, liebe."
Lena summte die Melodie und spielte mit dem

Essbesteck. Martina lächelte ihre Tochter stolz an.
„Ich habe keinen Hunger, ich muss jetzt einen Brief an David schreiben. Vielleicht kann er kommen, möchte ihn zu gerne einladen, das verstehst du doch. Mein erstes Konzert. Da muss David einfach kommen."
„Darf ich auch dabei sein?"
„Mamilein, du bist mein ganz großer Ehrengast, denn ohne dich gäbe es mich ja gar nicht und du hast für mich das Klavierspielen überhaupt erst möglich gemacht."
Martina lächelte und war sehr gerührt.
Aber Lena war viel zu zappelig, um einen Brief an ihren Freund David zu schreiben, so schrieb sie nur eine Ansichtskarte, auf dem das neue Festspielhaus mit der Festung Hohensalzburg abgebildet war.

Lieber David, am 15. August (1960) habe ich in der Aula mein erstes Konzert. Bin heute schon nervös, aber freue mich auch darauf. Ich möchte dich dazu sehr herzlich einladen. Du könntest bei unserer Nachbarin übernachten, die hat ein Gästezimmer. Bitte, bitte komme!
In meinem letzten Brief habe ich dir geschrieben, dass im Juni das neue Große Festspielhaus (siehe Foto!) eröffnet werden wird (mit dem Rosenkavalier, Dirigent Herbert von Karajan). Alles sehr aufregend für mich.
Allerliebste Grüße von deiner Lena

Lena zupfte an ihrem Kleid herum. „Irgendwas passt da nicht. Ich bin doch nicht dicker geworden? Entsetzlich!"
„Genau, in vier Tagen bist du dicker geworden, es hat doch wunderbar gepasst."
Martina drehte Lena im Kreis und begutachtete das

Kleid. Es saß perfekt. Sie holte aus ihrer Tasche einen langen Seidenschal heraus und legte ihn Lena sanft auf die Schultern.
„Mama! Ist der schön und kuschelig. Schenkst du ihn mir?"
„Ja, er gehört dir."
Lena machte ein Tänzchen und lachte glücklich.
Martina nahm dann ihr Goldkettchen mit dem Madonnenanhänger ab und reichte es Lena. „Die ist nur geliehen. Aber so hast du für deinen großen Auftritt auch ein Stück von deinem Vater dabei."
Lena spielte sehr gut und erst zum Schluss blickte sie in die erste Reihe zu David, zu ihrer Mutter und zum Professor.
Lena schwebte, sie spürte ihre Beine kaum als die Zuhörer einen tobenden Beifall klatschten. Fünfmal musste sie immer wieder auf die Bühne und wenn sie zu David sah, dann strahlte sie.
Anschließend lud Martina alle auf ein Glas Wein im Felsenkeller ein und sie hielt sogar eine Ansprache. „Dieses Jahr ist voll von brillanten Überraschungen. Wir haben endlich, nach sehr langer Suche, eine neue Wohnung gefunden." Dann scherzte sie: „Meinen Traumschauspieler Clark Gable habe ich in St. Gilgen in der Badehose gesehen, der sowjetische Ministerpräsident Nikita Chruschtschow war sogar zweimal in unserem Land." Jetzt wurde sie ernst und liebevoll: „Aber vor allem meine heißgeliebte Tochter meisterte ihren ersten großen Auftritt wunderbar. Hoffentlich steigt MIR das nicht zu sehr in den Kopf. Lena, mein großer Schatz, ich bin so stolz auf dich. Und dir, lieber Hans, danke ich ganz besonders für deinen unermüdlichen Einsatz."
Alle lachten und applaudierten und David sagte: „Du hast so schön gespielt. Super!"
Hans stand auf, verbeugte sich vor Martina und

dann sagte er tragend: „Liebe Lena, du hast geradezu göttlich gespielt, du hast mich emporgetragen und das ist mein schönstes Geschenk für meinen Einsatz." Neunteufel räusperte sich einige Male. „Dazu passen die Gedanken, die sie in die Fassade des neuen Festspielhauses gemeißelt haben, sehr gut: *Der Muse heiliges Haus steht Kunstbegeisterten offen, als Entflammte empor trage uns göttliche Macht!* Herzlichen Glückwunsch, liebste Lena, und trage uns bitte noch oft als Entflammte empor!"
Lena bedankte sich und war sehr gerührt.

David blieb drei Tage in Salzburg. Er wollte so gerne das Haus sehen, in dem sie während der Flucht im Kohlenkeller ausgeharrt hatten. Doch das neu aufgebaute Haus sah ganz anders aus und Keller gab es gar keinen mehr. Der war mit altem Material zugeschüttet worden und man hatte eine dicke Betondecke darübergezogen.
Lena war einmal während der Bauzeit mit ihrer Mutter dort. Damals, als sie dachten, dass sie wieder in dieses Haus einziehen könnten. Doch daraus wurde nichts. Denn die meisten der einstigen Wohnungsbesitzer waren tot und so wurde ein Bürohaus erstellt und ein paar einzelnen Personen eine Wiedergutmachung angeboten, die noch auf sich warten ließ. „Die bekommen wir wahrscheinlich dann, wenn wir auch tot sind", hatte damals Martina wütend bemerkt.
Lena ging mit David über die Nonnbergstiege zum Kloster Nonnberg und zeigte ihm die schöne Aussicht. Anschließend schlenderten sie Hand in Hand gemeinsam zum Stieglkeller auf ein Käsebrot und einen Radler.
Dann bummelten sie in der Dämmerung durch die schöne Altstadt und erzählten und erzählten, der

Gesprächsstoff ging ihnen niemals aus. Als sie beim beleuchteten Residenzbrunnen ankamen und ein wenig bespritzt wurden, lachten die beiden aus vollem Hals und lagen sich plötzlich in den Armen. Sie spürten gegenseitig den Atem des anderen und ziemlich schüchtern, aber sehr liebevoll gab David Lena zwei Wangenküsse.
David war ganz entsetzt über sich selbst, nämlich dass er so feige war, er wollte sie unbedingt auf den Mund küssen. Doch jetzt war es zu spät, Lena befreite sich aus der Umarmung und strahlte ihn an. David stand wie versteinert da und lächelte nur. Und plötzlich spürte er Lenas Lippen auf den seinen und die Schüchternheit verflog wie im Wind.
Auch die restliche Zeit verflog wie im Wind. Nun standen beide am Bahnsteig, hielten sich an den Händen, sahen einander verliebt an, aber sprachen kein Wort. Lena blieb so lange am Bahnsteig stehen, bis sie vom Zug nur mehr einen Punkt sah.

Lena plauderte nach der Chorstunde mit ihrer Freundin Barbara und beide sprachen ausschließlich über die Liebe, auch Barbara war verliebt. Sie übersahen dabei beide die Zeit und Lena kam wieder einmal viel zu spät nach Hause.
„Wo bleibst du denn so lange, du weißt doch, dass du mir helfen sollst, ich schaffe diese ganze Putzarbeit nicht alleine!"
„Mama! Ich muss meine Finger schonen." Ärgerlich nahm Lena den Besen und wollte zornig die Wege im Hof sauber machen.
„Ach, wenn dir das Kehren zu schwer ist, dann habe ich eine bessere Idee, das Geschirr wartet auf dich, warmes Wasser macht die Finger geschmeidig."
Ohne die Mutter auch nur eines Blickes zu würdigen, fetzte Lena den Besen an die Wand und ver-

schwand in die Küche. Zornig stampfte sie mit den Füßen auf den Boden, nahm einen Teller und zerschellte ihn an der Wand. Im nächsten Moment tat es ihr sehr leid. Hurtig sammelte sie die Scherben ein, wickelte sie in ein Zeitungspapier und steckte das Bündel in den Mülleimer. Dann wusch sie fast demütig das Geschirr ab.
Seit Tagen wartete sie sehnsüchtig auf einen Brief von David und immer wenn sie nach Hause kam, fragte sie sofort: „Ist für mich eine Post da?"
Nein war die Antwort von Martina. Kurz und bündig: Nein. So eine Gemeinheit, ich habe sofort geschrieben und David ist nun schon drei Wochen weg und nichts, aber schon gar nichts tut sich. Lena war verzweifelt. Hoffentlich ist er gut angekommen, dachte sich das junge verliebte Mädchen und dementsprechend nervös und schlecht gelaunt wirkte sie auf ihre gesamte Umgebung.
Endlich, am anderen Tag, als sie nach Hause kam, lächelte Martina und drückte ihr sofort einen Brief von David in die Hand. „Ich hoffe, dass du jetzt wieder auszuhalten bist und dass deine üblen Launen sich im Liebeswind verwehen."
Lena horchte gar nicht, was Mama da von sich gab, sie verschwand in ihrem Zimmer und öffnete gierig den Brief. David schrieb von den wunderbaren Tagen in Salzburg, von Lenas Schönheit und von seiner Sehnsucht nach ihr. Das Mädchen las den Brief noch einmal, dann lief sie zu Martina und umarmte sie. „Mama! Mama! Er liebt mich!"
„Na, das will ich aber auch schwer hoffen", sagte Martina lachend.
Und schon verschwand Lena und Martina hörte wohlwollend ihr wunderbares Klavierspiel.
Einerseits war sie sehr stolz auf ihre Tochter, aber andererseits machte sie sich immer wieder Sorgen

um die Zukunft des Mädchens. Denn von ein paar Auftritten im Jahr könnte sie doch nicht leben, deshalb wollte Martina, dass Lena unbedingt eine Fixanstellung als Musikpädagogin an einer Schule anstrebt. Jetzt konnte sie ihr Mädchen noch unterstützen, aber irgendwann musste sie ihr Leben selbst meistern.

Martinas Gedanken schweiften zurück in ihre eigene Jugendzeit und sie blieb dabei hängen, wie sie ihren Georg kennenlernte und wie glücklich sie waren. Wahrscheinlich würde Georg auch so denken und Lena zu einem Pädagogikstudium überreden. Vielleicht aber wäre er grundsätzlich strenger? Vielleicht würde er ihr die Musiklaufbahn ausreden?

Lena stürmte in die Küche. „Mama, jetzt habe ich einen Riesenkohldampf!"

Martina sah sie ganz verloren an.

„Du bist so ernst, was ist los?"

Martina winkte ab. „Ein wenig müde."

Ungarisches Intermezzo

Niederschmetternde Kritik

Einige Jahre später, Lena hatte bereits all ihre Abschlussprüfungen bestens bestanden, da gab es im Mozarteum einen Liederabend mit Mirella Freni und der Pianist, der sie begleiten sollte, hatte auf der Fahrt aus dem Salzkammergut einen schweren Unfall.
Große Nervosität brach aus. Kein Ersatz war zu finden. Auf Empfehlung von Bernhard Paumgartner, der damals bereits Präsident der Salzburger Festspiele war, rief seine Sekretärin Lena an. Lena war so aufgeregt, dass sie nur mehr zappelte. Mit Hilfe von Martina war sie dann doch bald fertig und das wartende Taxi konnte losfahren.
Martina stolz: „Ein Wahnsinn, mein Mädchen wird von einem Taxi zur Arbeit gefahren. Was heißt Arbeit, zu den Festspielen!"

Mirella Freni zögerte etwas mit dem Auftritt, doch der Saal war ausverkauft und der Präsident selbst entschuldigte sich beim Publikum mit den Worten: „Geben Sie, verehrtes Publikum, und Sie, sehr verehrte gnädige Frau", wobei er sich vor der Sängerin tief verneigte „einem jungen Nachwuchstalent eine Chance." Das Publikum antwortete mit einem Applaus.
Freni, die sehr beliebte italienische Sopranistin, bemerkte die Nervosität von Lena. „Pazienza cara ragazza, und halte dich einfach an meine Pausen." Lena war erleichtert und glücklich über die liebevollen Worte von Freni und konzentrierte sich voll und ganz auf sie, in Gedanken sang sie mit ihr mit und gab ihr Bestes. Nach dem Konzert erntete Freni

einen unwahrscheinlich großen Applaus, Lena applaudierte mit dem Publikum mit, aber die Sängerin applaudierte auch ihr, ging auf Lena zu, umarmte sie, nahm sie dann an der Hand und verneigte sich gemeinsam mit ihr vor den tobenden Zuschauern.

Lena war so aufgewühlt, dass sie unbedingt zu Fuß heimgehen musste. Wie von selbst trugen sie ihre Beine nicht nach Hause, sondern sie stand mitten in der Nacht plötzlich vor dem Residenzbrunnen, spürte die angenehme Brise des Wassers und dachte dabei voller Sehnsucht an ihren David. Sie blieb noch eine Weile beim Brunnen und dann trat sie, immer noch sehr aufgewühlt von dem außergewöhnlichen und schönen Erlebnis mit der großen Künstlerin Mirella Freni, den Heimweg an.

Die Kritik in der Zeitung war niederschmetternd, der Journalist lobte zwar Freni, doch fand er die Harmonie zwischen der jungen, unerfahrenen Pianistin und der großartigen, weltbekannten lyrischen Sopranistin skandalös.

„Ja, ja, die Kritiker, selber haben sie es zu nichts gebracht und dann lassen sie ihren Frust auf unbekannte Künstler aus", versuchte sie Professor Neunteufel zu trösten. „Du warst gut, das Publikum hat es dir auch gezeigt. Die waren begeistert. Vergiss den Schreiberling." Lena zeigte sich dankbar für die tröstenden Worte und lächelte ihn an, vor allem aber, er hat sie zu den Künstlern gezählt. Mein Gott, das lief über ihre Seele wie lauwarmes Wasser mit Honig.

„Ich habe in Wien eine Stelle für dich gefunden, deine Mama ist ganz begeistert, zwar traurig, dass du weggehst, aber auch glücklich, dass du an einer Schule arbeiten kannst. Ich hoffe, du freust dich darüber."

Lena blieb der Mund offen stehen und dann sagte sie mit belegter und wütender Stimme: „Schön, dass ich auch davon erfahre." Sie ließ ihn prompt stehen und ging.

Martina veranstaltete ein kleines Gartenfest, der Professor half ihr bei der Vorbereitung, zwar mit zwei linken Händen, aber er half. Als Gäste kamen Lenas Freundin Barbara mit Freund Günther, außerdem Gerti, ihre Nachbarin, mit der ganzen Familie. Lena erwartete, dass ihre Mama über Wien sprechen würde. Aber sie erwähnte nichts.
Am anderen Tag fragte Martina: „Hat Hans mit dir über Wien gesprochen?"
„Hat er", sagte Lena ganz leise und ernst.
Nach einer längeren Pause meinte Martina: „Weißt du, ich habe gar keine Freude mit Wien. So weit weg. Wie wärs denn mit München? Oder Linz? In Linz beginnts…" Da lächelte Lena plötzlich und begeistert meinte sie: „München wäre super, da ist die Zugfahrt von Italien sogar eine halbe Stunde kürzer."
„Na ja, ein wichtiges Argument. Aber wie stellen wir das an? Soll ich mit dem Professor sprechen?"
„Auf gar keinen Fall, das erledige ich schon selbst."
„München ist nur ziemlich teurer als Wien!"
„Dafür verdiene ich auch mehr, denke ich."

Lena war nicht sehr glücklich in München, sie wohnte in einer WG in der Bahnhofsnähe, musste sehr quirlige Kinder unterrichten, Kinder, die kaum ein Interesse an Musik hatten. Und ein ersehntes Engagement für einen Klavierauftritt fand sie weit und breit nicht.
Üben konnte sie nur in der Schule nach 18.00 Uhr und Salzburg vermisste sie, aber vor allem ihre

Mutter fehlte ihr sehr und ihre Freundin Barbara. David studierte ein Jahr in New York, erst im kommenden Sommer würden sie sich wiedersehen und irgendwie waren seine Briefe so leer geworden, er schrieb zwar immer wieder Komplimente und Verehrungen, aber Lena fehlte seine brillante Sprache, die ansonsten immer besonders spürbare Zärtlichkeit ausdrückte. Hatte er jemanden kennengelernt? Eine Amerikanerin? Die sollen in der Liebe ja ziemlich kühl sein.
Bekümmert schlenderte die junge Frau in den Englischen Garten, um sich dort im Biergarten mit Freunden aus der Musikszene zu treffen.
Es war zwar schon etwas kühl, aber eine wunderbare Herbststimmung breitete sich über den Park aus.
„Endlich, Lena! Wunderbare Lena!" Der junge Mann sprang ihr förmlich entgegen, küsste ihre beiden Hände und führte sie fröhlich zum Tisch. Der aufmerksame Jüngling, ein gut aussehender, temperamentvoller Ungar, der bei den Münchner Philharmonikern als Violinist mitspielte, verehrte Lena sehr. Lenas Seele tat diese lustige Gesellschaft gut, auch der Biergenuss und bald schon kicherte und scherzte auch sie sehr aktiv mit.
Irgendwann landeten sie alle so gegen Mitternacht in einer Disko und Lena wehrte die Liebkosungen von ihrem temperamentvollen, gut aussehenden ungarischen Verehrer nicht mehr ab. Und als er ihr beim Heimgehen mitten auf der Straße ein ungarisches Liebeslied vorsang, zerfloss sie förmlich.

Das Telefon klingelte und Lena schoss aus dem Bett, sie dachte, es sei ihre Mama.
„He, Lena! Ist János noch bei dir?", fragte Wolfgang.
„János?" Im nächsten Moment fuhr es wie ein Blitz durch ihren Körper. „János ist..." János schlupfte

aus dem Bett und stand schon neben Lena. Lena starrte ihn an. János nahm ihr den Hörer aus der Hand. „He, Alter! Holst du mich ab? In einer halben Stunde an der Kreuzung vor dem Bahnhof."
Lena starrte János immer noch an. János umarmte sie stürmisch. „Meine Herzenskönigin!", ließ sie dann los, schnalzte mit seinen Fingern und tanzte ein paar Czardasschritte. „Ich werde dir Czardas lernen, mein Liebes, aber jetzt muss ich mich schnell anziehen und zur Probe." János tanzte mit Lena ein paar Schritte, sah sie dabei ganz verliebt an und drehte sie stürmisch im Kreis.
„Hör auf, mir wird schwindlig!"
Lena versuchte die Nacht zu analysieren, aber es war ihr etwas übel, sie legte sich wieder ins Bett und schlief bis zum frühen Nachmittag.

Ein paar Tage später gingen Lena und János zusammen ins Kino und János fummelte dauernd ziemlich aufdringlich an Lena herum. Lena zeigte ihm deutlich, dass sie das nicht wollte.
János stand auf, nahm sie an der Hand und verließ den Kinosaal. Lena wurde wütend. „Was soll das bitte?"
„Entschuldige, ich habe mich grenzenlos in dich verliebt und will einfach mit dir schmusen!", sagte er grinsend.
„Meine WG ist besetzt! Deine?" „Also, horch zu, János, mir geht das alles viel zu schnell. Ich bin noch nicht bereit für eine Beziehung."
„He, bitte, du hast mit mir geschlafen und es war alles perfekt. Und jetzt spielst du auf Zicke oder wie soll ich das verstehen?"
Kleinlaut sagte Lena: „Ich weiß nicht, János. Ich, ich..."
János unterbrach sie: „Du, ich bin so verknallt in

dich, ich mache alles, oder sagen wir fast alles, was du willst."
János nahm in Zukunft körperlich etwas Abstand und verwöhnte Lena sehr. Das gefiel ihr, obwohl sie nicht im siebten Himmel war, so wie seinerzeit mit David. Und manchmal war sie aus heiterem Himmel dem Weinen so nah!

Barbara holte Lena vom Bahnhof ab. Sie umarmten einander innig und Lena kullerten ein paar Tränen über ihre blassen Wangen. „Mädchen? Ist das die Wiedersehensfreude mit mir und Salzburg oder hast du Kummer?"
„Alles!", war die schlichte Antwort.
„Oh, oh... Erzähl!"
„Nicht jetzt."
„Spuck es schon aus, ich will es sofort wissen."
„Ich, ich... bin schwanger."
„Ich dachte, David ist in New York?"
„Ist er ja auch."
„Lass dir doch nicht alles aus der Nase ziehen." Barbara schob Lenas Jacke nach oben und fuhr mit einer Hand über das Bäuchlein. „Man sieht ja noch gar nichts."
„Hör auf. Mir ist wirklich nicht zum Scherzen zumute."
Barbara umarmte Lena abermals, dann nahm sie ihre Reisetasche und wortlos gingen sie zum Ausgang. Dort wartete Martina mit dem Auto. Mutter und Tochter fielen sich in die Arme und Lena weinte abermals, so arg, dass ihr ganzer Körper bebte.
„Lena, Schatz, was ist denn los?"
„Wir sind schwanger!", war die freche Antwort von Barbara.
Martina war sehr erstaunt, brachte kein Wort über

die Lippen, aber dann streichelte sie Lena und sagte nach einer Weile etwas verhalten: „Wie schön, ich werde Oma."
Lena war sehr erleichtert, obwohl sie diese Neuigkeit ihrer Mama unter vier Augen sagen wollte. Sie dachte, Barbara ist manchmal wirklich unmöglich. Aber eben Barbara.
Martina stellte in Gegenwart von Barbara keine Fragen, zum Leidwesen des Mädchens, denn diese wäre schon sehr neugierig gewesen und wollte Einzelheiten erfahren, aber Lena zeigte deutlich, dass sie keine weiteren Informationen abgeben wolle und sie zeigte auch ziemlich deutlich ihre Erschöpfung, die nach Ruhe verlangte.
Erst am Abend vor dem Schlafengehen sagte Lena: „Mama, ich weiß gar nicht, ob ich das Kind will."
Martina wirkte sehr nachdenklich, dann aber reagierte sie entsetzt: „Ja, um Himmelswillen, warum denn nicht?" Verschämt blickte Lena aus dem Fenster und sagte: „David ist nicht der Vater."
„Das dachte ich mir schon. Kann doch eins und eins zusammenzählen. Dein neuer Verehrer?"
Lena erzählte alles und blickte dabei dauernd aus dem Fenster. Martina drehte das Mädchen zu ihr und sah ihr tief in die Augen, dann streichelte sie ihren Bauch und sagte lustig: „Ungarisches Blut mit ein wenig Paprika wächst da drinnen heran. Das ist doch wunderbar!"
„Mama, ich bin verzweifelt, denn ich weiß nicht, was ich tun soll. János weiß nichts und ich will es ihm auch gar nicht sagen, bevor ich mich dazu entschieden habe, ob ich das Kind will oder nicht."
„So kannst du auch nur in deiner Verzweiflung denken. Ich helfe dir doch. Auch wenn du diesen Mann nie mehr wiedersiehst, du bist nicht allein. Eine Abtreibung? Du bist wahnsinnig geworden. Kommt

gar nicht infrage und wenn das Kind ich aufziehe."
Martina ging aufgebracht hin und her, dann schenkte sie sich ein Schnapserl ein. „Die Oma darf, du nicht!" Martina kippte das Gläschen in einem Zug hinunter. „Warst du schon beim Arzt?"
Lena schüttelte den Kopf. „Gut, dann gehen wir morgen gemeinsam zum Herbert, der wird dir dann sagen, wie gefährlich eine Abtreibung sein kann. Unter Umständen hast du später, wenn du Kinder willst, eine Fehlgeburt nach der anderen. Und außerdem... außerdem, du kannst doch nicht ein Leben zerstören. Mädchen, allerliebste Lena."
Martina nahm ihre Tochter zärtlich in die Arme. „Freu dich auf dein Kind, ich tu es auch."
Die Tage bei Martina vergingen schnell und Lena fuhr gelöst nach München zurück. Jetzt muss sie mit János sprechen, das muss sein. Schließlich ist er der Vater.

János reagierte sehr gemischt, zuerst meinte er vorwurfsvoll: „Sage mir einmal: Verhütest du denn nicht?"
Lena etwas verschämt: „Es ist in der ersten Nacht passiert, da dachte ich nicht einmal im Geringsten daran, mit dir intim zu werden."
„A rohadt életke! Verdammt! A francha! Zum Teufel! Wir haben zu viel getrunken. Viel, zu viel! Willst du es abtreiben lassen?"
Lena weinte, schüttelte den Kopf und János nahm sie in die Arme. „Aber wer wird denn weinen, eigentlich ist das ja alles ein Grund zum Feiern. Ich werde Vater!"
Lena hätte irgendwie erwartet, dass er sagt: „Wir werden Eltern", dass er sie glücklicher in die Arme nimmt, aber immerhin machte es den Anschein, dass er sich plötzlich wirklich freute.

„Wir fahren am Sonntag nach Wien. Ich stelle dich meinen Eltern vor und dann wird geheiratet, denn mein Kind kommt nicht unehelich auf die Welt. Das wäre eine Schande."
„Langsam, János, ich kann am Sonntag nicht nach Wien fahren, ich habe das Schülerkonzert am Vormittag. Da kann ich nicht fehlen. Unmöglich!"
„Dann fahre ich eben alleine und nehme ein Foto von dir mit."
„János! Das meinst du aber nicht im Ernst?"
„Wieso nicht? Ich muss ja auch eine Wohnsituation klären. Die Wohnung meiner Eltern ist zwar groß, da haben 20 Leute Platz. Aber ich muss mit ihnen reden."
Lena war ganz entsetzt über die forsche Art und Weise, die János präsentierte. Er fragte sie nicht einmal, ob sie überhaupt nach Wien ziehen wollte, und dann noch dazu vielleicht zu seinen Eltern. Was geht in ihm vor? Wahrscheinlich ist er doch ziemlich schockiert und weiß gar nicht mehr, was er sagt.
„Wir werden das alles in Ruhe überlegen. Außerdem könnten wir vorerst auch in meiner WG bleiben."
„Das ist mir viel zu klein. Entschuldige, ein Zimmer zu dritt! Wie stellst du dir das vor? Das Badezimmer müsste ich mit fünf Menschen teilen. Tut mir leid, aber ich brauche eine gewisse Wohnkultur."
Lena hatte János für einen liebenswerten und bescheidenen Musiker gehalten, dass er so anspruchsvoll war, das entsetzte sie.
„János, ich gehe noch ein wenig in den Park. Kommst du mit?"
„Ah, tut mir leid, ich muss noch üben gehen."
Enttäuscht zog Lena alleine los und sie verspürte plötzlich so eine richtige Weltuntergangsstimmung.

Sie fragte sich, ob sie nicht gleich ihre Koffer packen und nach Salzburg flüchten sollte. So unglücklich war sie noch nie in ihrem Leben. Sie hatte Angst vor der Zukunft und sie wollte auf gar keinen Fall nach Wien gehen. Und wie würde David reagieren?

Ein kurzes Gastspiel in Wien

Hochzeit, Geburt und Trennung

Martina fuhr mit Barbara fix und fertig zurück nach Salzburg. Sie wollte im Zug ein wenig schlafen, aber Barbara hinderte sie daran, sie plauderte wie ein Wasserfall.
„So eine lustige Hochzeit! Und wie der János gut singen und tanzen kann und verdammt gut sieht er aus. Einfach ein toller Typ, der steckt den David zehnmal in seine Hosentasche."
„Ach ja? Entschuldige, ich bin so müde, ich möchte ein wenig schlafen. Okay?" Martina streckte die Füße aus, verbarg den Kopf in ihrem Schal und ihre Gedanken gingen zu David und Elisabeth nach Italien. Wie sehr hatte sie sich gewünscht, dass David und ihre Tochter ein Paar werden. Aber der Mensch hat gedacht und der liebe Gott hat wieder einmal gelacht. Hoffentlich wird ihre Tochter glücklich in Wien. Dass das junge Paar gemeinsam mit den Eltern eine Wohnung teilte, das gefiel Martina gar nicht, obwohl die Wohnung riesig war. Dann schlief Martina ein.
Barbara hielt Martina für unhöflich, aber sie dachte sich: Na ja, sie ist auch nicht mehr die Jüngste.

Lena lag in einem Kreißsaal mit langen, weißen Plastikvorhängen, einer lindgrünen Wandbemalung und mit Deckenelementen, die weiß und quadratisch waren. Diese Elemente starrte sie dauernd an und gab dabei stöhnend ihre Wehen preis.
Die Hebamme saß lesend an ihrer Seite, stand ab und zu auf und wischte ihr den Schweiß von der Stirn.
Das Telefon klingelte, die Hebamme sprach sehr

leise und beruhigend, danach teilte sie Lena mit: „Das war wieder Ihr Mann, er wollte wissen, wie es Ihnen geht."
Lena nickte nur und zornig lamentierte sie stoßweise: „Wie soll es mir schon gehen. Beschissen! Und nochmal beschissen. Kein Mensch kümmert sich um mich. Mama weiß nichts, János hat sie nicht erreicht und er feiert mit seinen Freunden. Mein Arzt ist auf Skiurlaub. Barbara weit weg. Und niemand, wirklich niemand hält mir die Hand, dabei habe ich noch nie im Leben solche Schmerzen gehabt. Ich verfluche euch alle!"
Tränen flossen über ihre Wangen und stöhnend drehte sie sich von der Hebamme weg. Diese stand auf, wischte ihr abermals die Schweißperlen von der Stirn und die Tränen von der Wange. Danach kontrollierte sie den Muttermund. „Es ist üblich, dass wenn Kinder früher kommen, sich die Öffnung des Muttermundes verzögert."
„Mein Arzt sagte, ich habe ein sehr enges Becken..."
Weiter konnte Lena nicht sprechen, die Wehen kamen dermaßen stark und Lena schrie erbärmlich.
„Nur Geduld und Mut, junge Frau, eine Geburt ist das schönste Erlebnis der Welt!"
„Aber nicht wenn man 20 Stunden hier liegt und nichts passiert", war die ärgerliche, aber schon sehr erschöpfte Antwort von Lena, als sie wieder sprechen konnte.
„Geduld, Geduld!"
„Mein Arzt sagte, dass ich einen Kaiserschnitt brauche, warum zögert ihr denn?"
„Eine normale Geburt ist besser, das kriegen wir schon hin."
„Wir? Wie geht es meinem Baby?"
An einer Sonde, die durch die kleine Öffnung des

Muttermundes geführt wurde, konnte man deutlich die Herzfrequenz des Babys hören. Dem Baby ging es gut. Das war ein großer Trost für Lena. Und immer wieder streichelte sie mit ihren zittrigen und feuchten Händen den Bauch. Aber sie war schon so geschwächt und verzweifelt, dass sie nicht mehr klar denken konnte.
Nachdem die gute Hebamme 24 Stunden vergeblich auf eine normale Geburt gehofft hatte, wurde dann endlich ein Kaiserschnitt gemacht und alles, was Lena sich geschworen hatte, beispielsweise dass sie ihren Mann zum Teufel schicke und ihrer Mutter ein Szene mache, war wie weggeblasen. Alles vergessen, als sie endlich das winzig kleine Menschlein in den Armen halten und es sanft liebkosen konnte. Das war wirklich das Schönste auf der Welt. Da hatte dieses kühle Frauenzimmer von Hebamme im abscheulichen, lindgrünen Zimmer, das in 90 Deckenelemente eingeteilt war, recht.

Als der Bub größer war, fand Lena eine Arbeit als Musiklehrerin, darüber freute sie sich sehr und außerdem gab sie privaten Klavierunterricht. Bei den Privatstunden war der kleine Martin immer dabei und beim Unterricht in der Schule nahm sie eine Babysitterin, denn ihre Schwiegermutter wollte diese Aufgabe nicht übernehmen.
János musste nach wie vor zu seinem Orchester nach München, denn in Wien war für einen Violinisten im Moment kein fixer Platz frei. Bei den Wiener Symphonikern stand er auf der Ersatzliste an dritter Stelle.
Lena lebte nicht in guter Gemeinschaft mit ihren Schwiegereltern, aber der kleine, süße Martin war ihr tröstlicher Lebensmittelpunkt. Sie liebte ihn über alles, aber sie schmerzten die Probleme, die

immer wieder auf sie zukamen. Wenn János da war, dann wurde er sogar auf seinen Sohn eifersüchtig und manchmal verließ er einfach kurz und bündig die Wohnung und traf sich mit seinen Freunden beim Heurigen. „Ich muss nochmal weg!", war alles, was er zu sagen hatte.
Dass der Kleine für Lena natürlich im Mittelpunkt stand, konnten auch ihre Schwiegereltern nicht gut verstehen. „Wie lange willst du denn noch stillen?", fragte ihre Schwiegermutter vorwurfsvoll.
János stellte immer den Anspruch – so wie er es von Kindesbeinen an gewöhnt war – der Hahn im Korb zu sein. So geschah es, dass sich das Paar seelisch immer mehr voneinander entfernte.

Martina spielte mit dem kleinen Martin und sah dabei ihre Tochter prüfend an. „Mein Mädchen, du siehst sehr müde aus."
„Bin ich auch."
„Ich habe dir im Garten den Liegestuhl aufgestellt, mach doch ein kleines Schläfchen unter deinem heißgeliebten Kirschbaum." Kaum hatte Martina diesen Vorschlag ausgesprochen, war Lena auch schon weg. Als sie nach zwei Stunden zurückkam und lächelte, der kleine Martin schlief gerade tief und fest, überreichte ihr Martina einen Brief von Elisabeth.

Meine liebe Martina,
die Bilder vom kleinen Martin sind allerliebst. Ich finde, er sieht dir (der allerliebsten Großmama!) ähnlich, und hoffe, dass ich ihn bald sehen kann. Würde auch Lena so gerne wieder einmal sehen und natürlich auch ihren Mann János. Ich könnte schon dafür Sorge tragen, dass David zu dieser Zeit nicht da ist. Wenigstens ist er jetzt mit einer Frau zusammen,

einer Kollegin, die auch bei der Zeitung arbeitet und sie haben in Zürich eine sehr schöne Wohnung mit Blick auf den Zürchersee gefunden. Aber ich glaube, ich fürchte, dass er nicht heiraten will. Und ich weiß auch, dass er den Schock mit Lena noch nicht überwunden hat. Es ist schwierig mit ihm, denn seine Gefühle zeigt er kaum und sprechen kann er schon gar nicht darüber. Ich verstehe Lena, dass sie einen Mann mit einem offenen Herzen bevorzugt hat.

Stell dir vor, liebe Martina, ich habe mir ein Häuschen in den Hügeln der Versilia gekauft, in der Nähe von Pietrasanta. Es war eine gute Gelegenheit und ich musste mich sofort entscheiden, denn es gab viele Interessenten.

Also, wenn du das nächste Mal kommst, dann wirst du aus dem Staunen nicht mehr herauskommen. Das Meer ist zwar weiter entfernt als hier, aber ich habe einen wunderbaren Meerblick und einen weiten Horizont. Ich bin überglücklich. Denn hier in Genua möchte ich nicht alt werden!

Der Vorbesitzer ist zwar ein Österreicher, aber er war nicht unangenehm und es hat vertraglich alles gepasst. Ich fahre jetzt einmal in der Woche hin, um zu putzen und zu erneuern. Aber meistens sitze ich auf der Terrasse und genieße den Ausblick. Ich hoffe, dass ich dir lange Zähne gemacht habe.

Und stell dir vor, ich stand neulich auf dem Dorfplatz, kam eine ältere Frau auf mich zu, nahm mich an der Hand und führte mich zur Kirche. Ich dachte, Hilfe, was ist jetzt los? Die Frau führte mich bis zum Altar. Meine Gefühle schwebten zwischen Angst und Neugier. Was will sie denn?, dachte ich. Dann zeigte sie auf ein Öllämpchen, zog mit sehr zittriger Hand Zünder aus ihrer Hausschürzentasche und deutete mir, dass ich das Licht anzünden soll, denn sie könnte es nicht, ihre Hände wollen nicht

mehr so richtig funktionieren. Parkinson. Das Licht sei für ihren verstorbenen Mann. Auch meine Hand zitterte etwas beim Anzünden der Öllampe. Dann machte ich alles, was diese Frau zelebrierte. Sie faltete die Hände, kniete nieder, warf eine Kusshand auf das Licht und zum kleinen Altar der Mutter Gottes, dann nahm sie mich wieder an der Hand und gemeinsam verließen wir die Kirche. Nicht nur ihr Körper wackelte, auch meine Knie, aber vor Rührung und Freude. Ich, als unbekannte Ausländerin, durfte einen ganz persönlichen Dienst erweisen und stell dir vor, zum ersten Mal KNIETE ICH in einer Kirche und warf der Mutter Gottes eine Kusshand zu. Dann lud mich die Frau, sie heißt Marina, auf einen Kaffee ein. So habe ich auch schon eine Freundin hier. Dieses für mich sehr tiefgehende Erlebnis wäre in nördlichen Gebieten nie möglich gewesen! Du, meine Beste, weißt was ich meine.
Nun gehe ich auch öfters in die Kirche und zünde zwei Kerzen an, eine für meinen Mann und die andere für Josef. Und irgendwie sind mir diese Meditationen lieb und schon vertraut geworden. Wird doch nicht das Alter sein?
Grüße mir Lena und ihre Schätze ganz lieb und dich umarme ich kräftig. Du fehlst mir!
Deine Elisabeth

Martina sah, wie Lena den Brief an ihr Herz drückte und leise vor sich hin heulte.
„Lena! Was ist los?"
Lena erzählte ihrer Mutter den ganzen Frust, den sie in Wien erlebte. Auch beruflich war nicht alles einfach.
„Wenn das so ist, dann komme bitte wieder zurück nach Salzburg. Hier kennt man dich, hier liebt und schätzt man dich!" Martina nahm ihre Tochter fest

in die Arme, liebkoste sie, so wie sie es früher tat.
„Aber der kleine Martin, soll er denn ohne Vater aufwachsen?"
„Für den kleinen Martin sind Frieden, Humor und Harmonie das Wichtigste. Der spürt doch, dass du nicht glücklich bist."
Schluchzend fiel Lena der Mutter um den Hals. „Ich bin so verletzt, dass ich gar nicht mehr nach Wien fahren will."
„Brauchst du auch nicht. Das mache ich für dich."
Martina lachte plötzlich sehr. „Hab noch eine bessere Idee. Wir bitten Barbara, dass sie deine Sachen abholt."
„Mama, ich glaube, das muss ich schon selbst tun, aber eine gute Idee mit Barbara, die soll mich begleiten. Die wird auch mit meiner komplizierten Schwiegermutter fertig."
Nach langer Zeit konnte Lena wieder ein wenig lachen und durchatmen. Und die Frau fragte sich, warum sie wohl diesen schwierigen Weg gehen musste. Warum?
Martina fühlte ihre Gedanken und holte ein Fotoalbum aus der Nachkriegszeit hervor.
Lena blätterte und rief plötzlich erfreut: „Nein! Frau Putz und ich im Dachboden. Ich glaube es nicht. Mama, dieses Foto muss ich haben. Bitte!"
Martina löste es sorgfältg mit einem kleinen Messer und gab es ihrer Tochter.
„Na und da, da sitze ich im Baumhaus und hier mit deinem Fahrrad, ich konnte noch gar nicht sitzen, weil der Sattel für mich viel zu hoch war. Sind das schöne Erinnerungen. Diese Fotos bekomme ich auch. Ja?"
„Ich glaube, wir machen das anders, du nimmst dir das Album und ich nehme mir die Fotos, die ich unbedingt haben will, das ist wesentlich einfacher."

„Mama, ich hatte trotz der schlechten Zeit eine sehr schöne Kindheit. Und du hast mir mit vielen Entbehrungen und Arbeit meinen Beruf ermöglicht. Dafür danke ich dir sehr und ich hoffe, dass ich für den kleinen Martin auch so eine gute Mutter sein kann."

„Dafür werde ich sorgen, meine Liebe, verlasse dich darauf."

Der Blitz auf der Leiter

Trauerfeier für Neunteufel

Lena aß mit ihrem Sohn Martin genüsslich eine köstliche Karottentorte und sie trank dazu einen starken Kaffee.
„Ma! Darf ich einmal probieren?"
Martin nahm die Tasse seiner Mutter in die Hand und und kostete das heiße schwarze Getränk.
„Wäää! Grauslich! Pfuiteufel! Und das schmeckt dir?"
Lena lachte und fuhr mit ihren Händen zärtlich durch sein struppiges, schwarzes Haar. „Beeil dich, wir fahren zur Oma. Nimm die Schulsachen mit, ich hol dich nach dem Konzert ab. „Kann ich nicht bei Thomas bleiben?"
„Oma freut sich schon so auf dich."
„Okay. Aber ich muss bis morgen einen Aufsatz schreiben. Einen Aufsatz über meine Geburt. Ich muss dich befragen. Sozusagen ein Interview machen."
„Scherzkeks!"
„Nix Scherzkeks, die Lehrerin will das so und ich habe bei ihr einen schlechten Stand, um vier herum, so muss ich eine gute Arbeit schreiben."
Lena wurde es ganz heiß und fast zornig sagte sie: „Da gibt es nicht viel zu erzählen."
„Aber Ma!"
„Schreib, dass deine Mama es nicht lustig fand, aber es ging alles schnell vorbei. Und besser als beim Zahnarzt, ich bekam nicht eine teure Krone, sondern wurde mit dem liebsten Buben der Welt belohnt. Oma soll dir erzählen, wie es war, als ich zur Welt kam. Okay?"
Murrend packte Martin seine Schulsachen ein und

spielte den Beleidigten. „Hätt mich doch auch interessiert!"
„Geh. Wozu? Bist ein Bub!"
„Ha, ha, sehr witzig!"

Lena wartete auf die Maskenbildnerin, sie kam immer zu spät, aber Lena hatte sich daran gewöhnt. In Ruhe trank sie ein Glas Leitungswasser, machte spielerisch ein paar Fingerübungen, summte das heitere Hauptthema des ersten Allegros, dann trällerte sie spritzig, frech und brillant. Lena freute sich auf ihren Auftritt, denn sie liebte dieses wunderbare Stück von Maurice Ravel, aber was war da in ihrer Magengrube. Sie fühlte sich nicht besonders gut.
Die Geburt sollte Martin beschreiben. So ein intimes Ereignis. Die Lehrerin spinnt.
Lena dachte wütend an ihren Exmann, der sie damals so im Stich gelassen hatte und der ihr im Wochenbett noch dazu Vorwürfe machte, dass sie den Kühlschrank ermordete.
Bevor sie ins Krankenhaus musste, wollte Lena die gesamte Wohnung picobello hinterlassen und so nahm sie sich auch den Kühlschrank vor, der im Hausflur stand, weil in der Küche kein zweiter Platz war und der außerdem von ihren Schwiegereltern dauernd überfüllt wurde. Und weil das Abtauen zu langsam ging, wollte sie die letzten Eisstücke mit einem großen scharfen Messer entfernen. Sie rutschte ab und landete mit der Messerspitze in einer Kühlzelle.
Mit einem Nagellack verschloss sie das Loch, doch der Lack hielt nur kurzfristig und so war es nur eine Frage der Zeit, Lena war bereits im Krankenhaus, dass das Wasser unter dem Schrank einen See bildete und die Lebensmittel zu stinken anfingen.

Aber deshalb einer Wöchnerin Vorhaltungen und einen langen Vortrag zu halten, wie man einen Kühlschrank richtig abtaut, das war ein starkes Stück. Und eigentlich war dies der Anfang vom Ende. Die einsame Geburt, ein Kühlschrank, eine frostige Belehrung statt Rosen und kalte Küsse beendeten ihre Liebe zu János. Dabei wusste sie damals noch gar nicht, dass er eine Geliebte hatte. Aber ganz Wien wusste es!
Die Tür ging auf und die Maskenbildnerin huschte herein.
„Sie sehen blass aus, meine Liebe!"
Lena lächelte sanft. „Meine Gedanken waren weit weg und bei keinem so fröhlichen Thema." Sie machte einige abwehrende Handbewegungen. „Alles längst vorbei und fast vergessen!"
„Strafzettel, ein Brief vom Finanzamt oder Glückwünsche der Exschwiegermutter?"
Beide Frauen lachten herzlich.
„Trotz deiner Unpünktlichkeit bist du manchmal einfach zum Küssen, liebe Elfie."

Das Telefon läutete und Martin hob ab. „Hier spricht Martin... Oma! Oma! Wann kommst du?... Ma übt, hörst du sie?..."
Omas Antwort war: „Allerliebster Schatz, ich muss mit deiner Mutter sprechen. Ist sie da?"
„Ja, Omi, ich hol sie."
Martin holte seine Mutter zum Telefon. „Mama, was ist passiert?... Nein! Nicht wirklich. Das tut mir aber sehr leid."
Die Frauen plauderten eine ganze Weile, dann ging Lena in den Garten und setzte sich unter einen Baum. Martin ging ihr nach und sie erzählte ihm: „Der Hans, der alte Musikprofessor ist gestorben, ich muss morgen in die Stadt zur Verabschiedung.

Willst du mich begleiten oder bleibst du lieber hier?"
„Beerdigung. Öd. Vielleicht gehe ich zu Thomas. Ach, ich begleite dich."

Beim Eingang zur St.-Peter-Kirche wartete Martina auf ihre Tochter. Lena umarmte ihre Mutter ganz zärtlich. Dann nahmen die Frauen Martin in die Mitte und reihten sich in die Trauergemeinschaft ein.
Nach der Seelenmesse, Mitglieder des Mozarteum-Orchesters führten das Requiem von Wolfgang Amadeus Mozart auf, wurde der Professor auf dem Petersfriedhof beigesetzt und plötzlich regnete es so stark, dass die meisten in eine Mauernische flüchteten. Ein guter Freund von Hans Neunteufel schützte seine Trompete mit seinem Sakko, er wollte ein selbst komponiertes Trompetensolo spielen und sah nun hilfesuchend in die Trauergemeinde.
Da sprang Lena ein, sie ging mit ihrem Schirm rasch zu dem Musiker und bewahrte ihn vor dem Regen. Ein wunderbares Trompetensolo erklang und Lena hatte alle Mühe, ihren Schirm vor allem über das Instrument zu halten. Sie selbst stand im Regen und über ihre Wangen liefen nicht nur zahlreiche Regentropfen, sondern auch viele Tränen.
Sogar Martin rotzte, drückte sich ganz nah an seine Großmutter und sagte leise: „Ist das schön!"
Lena blieb trotz Regen noch lange am Grab stehen, sie dankte Gott für diesen wertvollen Begleiter, denn ohne Neunteufel wäre sie nie soweit gekommen. Und als sie von Wien nach Salzburg zurückgekommen war, war er ihr abermals ein guter Ratgeber und Vermittler gewesen.
Martina wollte Lena zum Gehen auffordern, aber sie blieb noch und sagte leise: „Vor jedem Konzert

denke ich an seinen guten Ratschlag, er sagte: ‚Spiele immer so, als wärs dein letzter Auftritt und gib das Beste!'"

Eine Woche später hatte Lena ein Konzert in Bregenz, obwohl sie ihre Mama und Martin gerne mitgenommen hätte, war es nicht möglich, da Martin sehr viel für die Schule lernen musste und ein Fußballspiel auf dem Programm stand.
Lena versuchte öfters Martin für die Musik zu begeistern, dachte sie doch, vielleicht hat er von seinem Vater oder auch von mir etwas in den Genen. Doch das war nicht so. Der Bub entschied sich für das Sportgymnasium und im Moment war Fußball seine Welt.
Lena fuhr mit dem Zug nach Bregenz, ging ins Hotel und spazierte am späten Nachmittag auf der Seepromenade.
Die Pianistin genoss die letzten wärmenden Sonnenstrahlen, die schöne Stimmung am Wasser, die lustigen Entchen und in Gedanken beschäftigte sie sich mit ihrem Auftritt: mit dem prunkvollen Hauptthema von Beethovens fünftem Klavierkonzert.
Da war ein Schatten hinter ihr, sie drehte sich um und vor ihr stand, sie konnte es nicht glauben: David. Sie sahen einander an, zuerst überrascht, erfreut, dann ziemlich verlegen und unsicher, aber plötzlich lagen sie einander in den Armen. Nach einer Pause fragte Lena: „Was machst du hier?"
„Ich muss in dein Konzert gehen und schreiben, wie gut oder schlecht ihr spielt!" Er lächelte etwas verschämt. „Ich bin normal kein Kulturkritiker, aber meine Kollegin ist krank und so musste ich einspringen. Und ich freue mich darüber."
„Du schreibst für die *Zürcher Zeitung*, erzählte mir meine Mama."

„Ja. Weltgeschehen, Politisches, Soziales und so sind normalerweise meine Themen. Aber da ich auch, wie du weißt, Gitarre spiele und Musik meine Freizeitwelt ist, bin ich heute hier."

Vor dem Konzert musste Lena Yogaübungen machen, damit sie einigermaßen aus ihrer Unruhe wieder herausfand. Ihre Hände zitterten, ihr Herz pochte bis zum Hals, der ganze Körper war aufgewühlt, sie kam sich vor, als würde sie mit einem Düsenjet über golden leuchtende Weizenfelder fliegen.

Während des Konzertes war Lena hoch konzentriert und David war ganz hingerissen, wie zauberhaft sie spielte und wie ihr Körper mit den Tasten und dem ganzen Klavier eine Einheit bildete.

Und nachher: „Ich habe heute nur für dich gespielt!", himmelte sie David an und wunderte sich gleichzeitig über ihre Offenheit.

Es wurde eine lange Nacht, die beiden plauderten, flirteten und scherzten miteinander, als wären sie nie getrennt gewesen. Sie tanzten im Wechselspiel zwischen Leidenschaft und Zärtlichkeit durch die halbe Nacht.

Als beide beschlossen, dass sie ab sofort einen intensiven Kontakt pflegen werden, und David aufbrechen wollte, bekam Lena plötzlich die Panik, sie fiel David schluchzend um den Hals und flehte ihn an: „Geh nicht weg!" Und David ging nicht weg.

David lief, so schnell er konnte, nahm auf der Stiege zwei Stufen auf einmal, und trotzdem kam er wieder einmal, was bei ihm keine Seltenheit war, zu spät zur wichtigen Redaktionskonferenz.

„Herr David Waldmann, auch schon da?" Der Chefredakteur der *Zürcher Zeitung* schaukelte nervös auf seinem Sessel hin und her und sah David

herausfordernd an. „Wir warten alle sehr gerne auf dich!", meinte er ironisch und dann wurde er ärgerlich: „Hör mal, wir veranstalten doch hier keinen Kaffeetratsch!"
„Entschuldigung, kommt nicht wieder vor", sagte David ziemlich leise und schenkte sich ein Glas Wasser ein.
Anfangs besprach der Lokalchef seine Artikel, dann wurde bei der Außenpolitik David nahegelegt sich um Spanien zu kümmern, aber grundsätzlich war es eine übliche, etwas langweilige Konferenz. Und als alle wieder aufstehen und gehen wollten, rief der Chefredakteur: „Halt! Ich muss euch noch eine Liebeserklärung vorlesen, die normalerweise mehr oder weniger eigentlich eine Kulturkritik sein hätte sollen. Unser Chef vom Dienst muss da schon sein Schläfle gemacht haben, denn sonst hätte er diese Kritik nicht durchgehen lassen können. Und das in meiner Zeitung!" Er zeigte auf Davids Artikel und alle grinsten.
„Die Österreicher werden sich schieflachen." Dann deutete er mit seinem Zeigefinger auf David. „Das nächste Mal schicke deine Sekretärin, die kann das sicherlich besser als du. Sieht ganz so aus, dass du in diese Pianistin verknallt bist. Wie?"
„Vielleicht", war die kurze Antwort, David stand auf und verließ grußlos den Raum.
Vielleicht? Was für eine widerliche und feige Untertreibung, so ein Verrat, dachte David. Er hatte die schönste Liebesnacht seines Lebens und war verliebt bis über beide Ohren, von verknallt konnte da keine Rede sein, das war ein sehr schwacher Hilfsausdruck.

Martin teilte Lena mit, dass er für seine Firmung ein paar Verwandte und Freunde eingeladen hat.

„Freunde und Verwandte, bitte welche Verwandte?"
„Meinen Vater, seine neue Frau und die Wiener Oma."
Lena ging eine Zeit lang auf und ab, Martin merkte, dass es ihr gar nicht recht war und meinte: „Lade ich sie halt wieder aus."
Lena ziemlich ungewöhnlich streng: „Man kann die Menschen nicht einfach ein- und ausladen, wie es einem gerade so gefällt. Warum hast du mich nicht vorher gefragt?"
„Bitte sag, was passt dir nicht?"
„Das will ich mit dir jetzt nicht besprechen."
Lena wischte sich verstohlen ein paar Tränen ab und ging in ihr Übungszimmer.
Nach ein paar Minuten klopfte Martin heftig an der Tür und gleichzeitig schob er einen Brief von David unter der Tür durch. Lena sprang sofort auf, lächelte und öffnete den Brief.

Liebste Lena,
ich sitze hier im Bahnhofcafé, weil ich nirgendwo einen ruhigen Platz habe, an dem ich ungestört an dich schreiben kann. Es vergeht keine Minute, dass ich nicht an dich denke und dich in Gedanken liebkose. Bitte gib uns eine Chance für ein gemeinsames Leben! Ich werde hier in Zürich alles regeln. Rufe dich dann nächste Woche an, ich hätte zum Wochenende frei und könnte dich besuchen. Sag einfach JA! Bitte!
Ich umarme dich innigst, ICH LIEBE DICH.
Dein David

Martin war sehr wütend, fetzte die Schultasche in die Ecke. „Ich bin so sauer, der Müller, der mir letztes Jahr in Mathe eine Vier und in Sport eine Zwei verpasst hat, ist jetzt plötzlich schon wieder unser

Klassenvorstand. Der ist sowas von blöd, streng und ungerecht, dem hat irgendwann einer in das Gehirn geschissen."
Lena hörte diese Kraftausdrücke gar nicht gerne, immer wieder sprach sie mit ihrem Sohn darüber und nun sagte sie ziemlich ärgerlich: „Um mit deinen Ausdrücken zu sprechen, ein Sportgymnasium ist eben nichts für goscherte Weicheier!"
„Ha, ha, ha, selten so gelacht! Der hat uns im Vorjahr auch das Schulfest versaut, aber wir werden uns rächen bei diesem Vollkoffer."
„Rache macht Unfrieden! Und was willst du eigentlich? Ich hab dir schon einmal gesagt, eine Vier genügt vollauf und eine Zwei ist doch wirklich gut. Also, was willst du?"
Martin grinste, dann warf er einen Blick in die Küche: „Was gibt es denn Gutes?"
„Salatplatte!"
„Kaninchenfutter."
Es läutete an der Tür und die Nachbarin bat um ein Ei. Martin holte eins aus dem Kühlschrank und gab es ihr.
„Martin! Sag einmal, du warst jetzt nicht sehr höflich und vor allem, was mir schon länger auffällt, du sprichst die Menschen nicht mehr mit dem Namen an. Das ist unhöflich und kulturlos. Also das heißt nicht nur Grüß Gott oder Hallo, das heißt: Grüß Gott, Frau Bach! Verflixt nochmal."
„Öd! Ich bin hungrig. Sehr hungrig."
Beim Essen sagte Martin dann so nebenbei: „In Religion melde ich mich ab, denn dieses Jahr müssten wir so viele Bibelstellen auswendig lernen und wer weiß was noch für einen Kram. Da mache ich sicher nicht mit."
„Schaden tät es dir nicht, aber wie du willst."
„He, immer das Gerede von Gott. Der Gott muss

ganz schön bescheuert sein, dass er all diese Kriege und Katastrophen zulässt."
„Ich versteh, was du meinst. Ich glaube an Gott und an die göttliche Kraft. Doch ich denke, die Teufel haben auf Erden einfach überhandgenommen und wir sind mitten im sogenannten Fegefeuerkrieg…"
Martin unterbrach sie: „Eher in der Hölle, denn warum, warum werden so viele Kinder vergewaltigt, erschossen und müssen verhungern, das kann doch nur die Hölle sein!"
„Ja, ja, du hast recht, das kann nur die Hölle sein! Im Paradies leben wir wahrscheinlich sicher nicht."
„Paradies. Scheiße."
„Ich denke nur, dass wir manchmal in das Paradies hineinschauen dürfen und dafür sollen wir dankbar sein. Und du weißt ja, wenn du Gutes tust, das multipliziert sich und ergibt Glück. Und die schlechten Taten multiplizieren sich ebenfalls und diese fordern dann das Unglück heraus."
„Wow, Frau Philosophin, wie das klingt."
Lena stellte einen Apfelkuchen und eine zusätzliche Kaffeetasse auf den Tisch.
„Wer kommt denn schon wieder? Nie hat man seine Ruh."
„Barbara."
Kaum hatte Lena den Namen ausgesprochen, läutete es. Martin öffnete die Tür und Barbara stand vor ihm. Der Bub liebte Barbara, sie war so ganz anders als seine Ma. Frech, über allen Dingen stehend und auch ziemlich lustig. Und obwohl Martin in seinem Pubertätsalter niemanden küsste und umarmte, bei Barbara machte er eine Ausnahme.
Nach dem dritten Stück Apfelkuchen und dem zweiten Kaffee fragte Barbara unverblümt: „Kann nicht dein lieber Sohn mit deiner Mutter ein paar Tage in meinem Haus wohnen und meine vier Hunde ver-

sorgen? Martin hat so eine gute Hand für die Tiere."
„Ja! Ma, sag ja", freute sich Martin.
„Meinetwegen ja, aber meine Mutter musst du schon selbst fragen. Was hast du denn vor?"
„Ich fliege zum Internationalen Mensch-Tier-Kongress nach Rio de Janeiro."
„Geil!", rief Martin.
Beim Verabschieden sah Barbara ihrer Freundin tief in die Augen. „Du wirkst irgendwie selig, so über den Wolken. Deine schönen blauen Augen blitzen so verdächtig!"
Lena lachte herzlich. „Ich bin sehr glücklich!" Und natürlich beschrieb sie ihrer Freundin in kürzester Form ihr Auf-den-Wolken-Schweben.
Aber sie teilte ihr dann auch mit, dass Martin ihre Schwiegermutter und die neue Frau von János zur Firmung eingeladen hat. „Muss ich mir das antun?"
„Hat er dich nicht gefragt?"
„Nein!"
„So ein Spinner, da hat er wieder einmal ohne Gedanken gehandelt. Dann soll er sie gefälligst wieder ausladen, ganz einfach."
„Nein. Nein, ausladen, nein, wirklich nicht! Verdammt, jetzt muss ich mit diesen Weibern in einer Kirchenbank sitzen und nachher noch gemeinsam essen."
„Mach dir keine Sorgen, da fällt mir schon was ein, als Firmpatin habe ich an diesem Tag das Sagen."

Barbara saß am Flughafen in Frankfurt, ihr Handy signalisierte eine Nachricht. „Alle Flüge nach Amerika wurden abgesagt, Terroranschlag in New York, World Trade Center brennt, Flugzeug raste hinein, komm schnell zurück, deine Lena."
Aber die couragierte Barbara gab so schnell nicht auf, sie ging zu ihrem Schalter und erkundigte sich.

Dort hieß es, dass alle Flüge nach Nordamerika gecancelt wurden, aber nach Südamerika nicht.
Barbara war zwar zufrieden mit dieser Information, doch sie spürte die gedrückte und ängstliche Stimmung der Frau am Schalter.
Im Flugzeug saßen hauptsächlich Brasilianer und Barbara tat es in der Seele gut, wie fröhlich die sich zeigten; tanzend und singend steckten sie den Rest der Fluggäste mit ihrer Lebensfreude an. Sie hatten sichtlich keine Ahnung, was geschehen war. Denn die Bordfernseher funktionierten angeblich nicht, in Wirklichkeit wurde auf allen Flügen eine totale Nachrichtensperre verordnet.
Beim Kongress in Rio de Janeiro war eine sehr gedrückte Stimmung zu spüren und vor allem fehlten die Referenten und Gäste aus Nordamerika, weil entweder die Flüge gestrichen waren oder die Menschen aus Angst absagten.
Barbara, die immer auf der Suche nach neuen Erkenntnissen für ihre Heilpraxis war, erfuhr bei dem Kongress, wie wichtig der Kontakt zu Tieren für kranke und alte Menschen ist. Das bestätigte ihre Erfahrungen und sie wollte diese ihren Patienten weitervermitteln. Vor allem in der Klinik am Tegernsee, die sie betreute.
Man könnte dort geeignete Tiere bei den krebskranken Menschen einsetzen. Ein Referent aus der Schweiz, der diesbezüglich viele Erfahrungen hatte, erläuterte, dass das Spüren der Nähe, der Wärme eines Körpers und das Fühlen des kuscheligen Felles einen großen Einfluss auf die Psyche haben.
„Die Tiere bringen die Patienten zum Lachen, und sie haben keinen Schock oder Mitleid mit der Verfassung oder mit dem Aussehen dieser Menschen. Und manchmal ist es sogar die einzige Nähe sowie eine letzte gute Erfahrung, die diese,

dem Tod geweihten Patienten noch spüren dürfen", versicherte der Referent.
Durch die vielen neuen Eindrücke in Rio vergaß Barbara vorerst den tragischen Terroranschlag. Und sie ließ sich in der Freizeit von der Schönheit dieser Stadt und von der Lebenslust der Brasilianer mitreißen.
Doch die engagierte Tierschützerin besuchte auch den Zoo und da hatte sie den Eindruck, dass sie sich plötzlich im Mittelalter befand, die armen Wesen hausten auf engstem Raum. Beispielsweise konnten sich die Elefanten kaum drehen und waren an den Füßen angekettet, und das Außengehege war ebenso klein und mit eng aneinandergereihten großen spitzen Stahlstiften eingegrenzt. Bezweckt wurde damit, dass sich der Elefant beim Betteln nicht zu weit nach vorne bewegt, dabei das Gleichgewicht verliert und in den tiefen Graben fällt, der die Tiere von den Besuchern trennte. Qualvoll.
Mit dem Taxi ließ sie sich dann noch in ein Armenviertel bringen, wo die Menschen ohne Wasser und von den Abfällen anderer lebten.
Barbara wohnte im siebten Stock eines Nobelhotels direkt an der Copacabana. Die sehr aufgewühlte Frau setzte sich mitten in der Nacht auf den Balkon, bestellte eine Flasche Rotwein, essen konnte sie nichts, lauschte dem tobenden Meer und versuchte alle Geschehnisse zu verarbeiten: Die Menschen im Armenviertel, die eingesperrten Tiere im Zoo und sie konnte nichts dagegen tun. Wie gelähmt beobachtete sie diese Schaustellerei, fern von der Natur. Und dann stand plötzlich dominierend der schreckliche Terroranschlag vom elften September im Mittelpunkt ihrer tausend Gedanken und Barbara fühlte erstmals in ihrem Erwachsenenleben Angst in ihr hochkommen. Angst, ein Gefühl, das sie frü-

her nur in der Kindheit kannte, und sie wollte nichts anderes mehr als nur so schnell wie möglich nach Hause fliegen.

Martina, Martin und die Hunde warteten auf dem Flughafen Salzburg in der Ankunftshalle auf Barbara. Auch Lena kam. Sie umarmten alle einander, als hätten sie sich Jahre nicht gesehen. Und Lena war sehr erstaunt, denn sie sah zum ersten Mal, dass Barbara weinte.
„Ich habe für euch alle gekocht, jetzt haben wir aber zwei Autos. Was machen wir nun?", fragte Martina.
Barbara außergewöhnlich liebevoll: „Ganz einfach, ich fahre mit Lena!"
Im Auto erzählte Lena ihrer Freundin sofort und überschwänglich alle Neuigkeiten, vor allem dass David hier war.
„Jetzt sind die Schwalben ja schon weg, aber wenn die wiederkommen, die werden staunen."
Beide lachten laut und herzlich. „Entschuldige, Barbara, ich wollte eigentlich wissen, wie es in Rio war und was du alles erlebt hast. Der Hinflug muss schrecklich gewesen sein…"
Mit einem klaren „Nicht jetzt!" unterbrach sie Lena.
Lena sah sie fragend an.
„Meine Reise schildere ich zu Hause, ich will sie nur einmal erzählen, aber jetzt, jetzt sind wir alleine, da interessiert mich deine Liebesgeschichte schon mehr. Hörst du?" Dabei sah sie Lena forschend an und stellte fest, dass sie neben einer alles überstrahlenden Verliebten saß.
„Wann kommt er wieder?"
„In fünf Tagen landet er um 13.55 Uhr auf unserem Airport!"
Doch David flog für ein paar Tage zu dringenden

Reportagen nach New York und so musste er das Treffen in Salzburg verschieben. Lena war etwas traurig, aber die liebevollen Telefonate mit David und die Zusage, dass er eine Woche später käme, entschädigten sie.
Lena rief ihre Mutter an: „Mama ich habe eine Bitte, kann Martin heute bei dir essen, ich muss einen Generalputz machen und vor allem die braunen Flecken an der Decke übermalen, am Samstag kommt David!"
Martina sprach sehr lieb und lustig mit ihrer Tochter und war selbstverständlich mit dem Besuch von ihrem geliebten Enkel einverstanden. Sie betonte ausdrücklich, dass das immer eine große Freude für sie sei.

Lena stand barfuß auf einer Leiter, hatte eine alte abgeschnittene Jeans an, ein altes T-Shirt, ein Kopftuch auf und übermalte die braunen Flecken an der Decke. Immer wieder bespritzte sie sich dabei selber; sie stellte sich wirklich nicht geschickt an. Diese sehr schwierige Malerarbeit war für sie absolut keine Freude und sie sah bei diesem Einsatz ziemlich komisch aus.
Doch fröhlich summte sie ein Lied und war glücklich über ihre teilweise erfolgreiche Arbeit.
Plötzlich klopfte jemand ziemlich laut an der offenstehenden Terrassentür.
„Barbara! Bist du schon da? Komm rein."
„Ich bin nicht Barbara", hörte Lena eine forsche Stimme sagen, sie drehte sich auf der Leiter um und fragte herzlich: „Mit wem hab ich denn dann das Vergnügen?"
„Mathilde ist mein Name, ich komme aus Zürich, ich bin die Lebensgefährtin von David!"
Wie ein Blitz durchfuhr es Lena und ziemlich unbe-

holfen kletterte sie von der Leiter. Die Farbspritzer auf ihrem Gesicht ließen ihre plötzliche Blässe nur andeutungsweise erkennen. Völlig schockiert stand sie dieser ausgesprochen forschen, aber sehr eleganten und stark geschminkten Person gegenüber. Lena kam sich vor wie nackt, so wie sie aussah. Kleinlaut sagte sie: „Nehmen Sie doch Platz."
„Was ich zu sagen habe, sage ich im Stehen und außerdem wartet mein Taxi vor der Haustür."
Lena war etwas übel, sie hielt sich hilfesuchend an der Leiter fest und versuchte die Situation und die Wörter der Frau zu verstehen.
„Lassen Sie David in Ruhe. Er liebt mich! Aber er ist zu feige, es Ihnen zu sagen. Wir leben bereits seit einigen Jahren zusammen und führten immer eine sehr harmonische Partnerschaft. Und jetzt, jetzt, da kommen Sie und zerstören alles." Wütend, sehr wütend klang ihr Vorwurf und Lena war total verblüfft. Sie konnte gar nichts sagen. Sie brachte kein einziges Wort über ihre Lippen. Und Mathilde spürte Lenas Schwäche, musterte abfällig ihre Kleidung und fuhr zornig fort: „Ich warne Sie, beenden Sie die Affäre mit David, ansonsten beende ich Ihre Laufbahn."
Und weg war sie. Wie ein Geist kam sie und so verschwand sie auch wieder. Lena setzte sich auf den Boden, umklammerte die Leiter und dabei stürzte der halbgefüllte Malerkübel auf sie herab. Die weiße Farbe lief über ihren Körper und es bildete sich auf dem Boden eine große Lache.
Als später Barbara eintrat und Lena erblickte, stürzte sie entsetzt auf sie zu, sie dachte, dass ihre Freundin von der Leiter gefallen ist und dass sie schwer verletzt sei. „Lena, Schatz! Was ist passiert? Was fehlt dir? Wo tut es dir weh? Rühr dich nicht, bleib so, ich rufe die Rettung."

„Nein, nein, keine Rettung. Ich bin okay. Habe nur ein Schaudern in mir."
Ohne auf ihre Kleidung zu achten, hob Barbara Lena vom Boden auf, drückte sie fest an sich und sagte: „Mädchen, was ist passiert?"
Lena klammerte sich fest an Barbara und schluchzte drauflos, dann erzählte sie ihr stotternd und zwischen neuerlichen Heulanfällen Schritt für Schritt die ganze üble Geschichte.
Barbara befreite sich aus der Umarmung, lächelte Lena aufmunternd an und sagte dann lustig auf Schweizerdeutsch: „Säg mir emool! Hät si Haa uf di Zää? Säg! Aber exgüsi ä schöns Wib kommt und du besch ä glutschige Muus khei schöni Frau! Luegä di aa! Exgüsi des goht nit!"
Barbara sprach den Schweizer Dialekt so gekonnt, entzückend und lustig, dass Lena einfach schallend lachen musste.
Barbara half Lena mit viel Geduld aus der beklekkerten Kleidung und sie versuchte das gesamte entsetzliche Chaos zwischen Heulkrämpfen und Zornesausbrüchen der Freundin einigermaßen zu beseitigen. Es wurde eine lange Nacht.

Barbara, Lena und Martin saßen beim Abendessen und als Lena aufstand und in die Küche ging, sagte Barbara leise zu Martin: „Jetzt beeil dich mit deiner Beichte, ich muss dann gehen!"
Martin holte tief Luft, und als Lena mit der Nachspeise aus der Küche kam, sagte er blitzschnell:
„Mama, du musst morgen in die Direktion kommen, ich bin bei der Mobbinggruppe."
„Mobbinggruppe? Wie meinst du das? Und bitte was heißt musst?"
Hilfesuchend sah Martin Barbara an und Barbara

reagierte sofort. „Für Martin nicht einfach, denn er hat ja nur so mitgespielt, damit er nicht als Außenseiter gilt und auch als cool angesehen wird. Aber es ist nicht in Ordnung. Mobbing ist Mobbing! Die ganze Gruppe hat wochenlang ein Mädchen mit sexistischen Sprüchen belästigt und vorgestern haben sie zu dem Mädchen gesagt", sie wendete sich jetzt an Martin, „ich hab vergessen, was ihr gesagt habt, sag es du."
„Eh, muss das sein?"
„Ja, mein großer Freund, das muss jetzt sein."
„Wir, nein, ja, einer hat gesagt: Du Schlampe, zieh deine Unterhose aus und leg, eh, eh, leg dich auf den Katheder." Martin wurde knallrot im Gesicht und Lena fing zu weinen an.
Barbara legte ihre Hand auf Lenas Arm und sagte tröstend: „Also so wild ist das auch wieder nicht. Wichtig ist, dass man darüber spricht, sich entschuldigt und es nie wieder macht."
Dann sah Barbara Martin durchdringend an. „Das Gemeine war, dass ihr fünf Buben wart und das Mädchen war ganz alleine. Ganz schön klein und feige habt ihr euch benommen! Stell dir mal vor, das wäre deine Schwester gewesen!"
„Hab aber keine!"
„Oder du bist alleine und fünf Mädchen stürzen sich auf dich und sagen: Du Wixer, jetzt ziehe deine Unterhose aus und leg dich hin!"
Martin stand auf und ging zu seiner Mama und fiel ihr heulend in die Arme. Dann sagte er ganz kleinlaut: „Es tut mir ja so leid."
Barbara streng: „Das musst du auch dem Mädchen sagen und deinen Freunden sagst du: Ihr seid ein blöder, hundsgemeiner und primitiver Haufen!"
Lena: „Nein, kein Angriff. Um Gottes willen! Nicht neuerlicher Streit."

Barbara zwinkerte Lena zu. „Dein Sohn macht das schon richtig, verlass dich drauf."
Lena: „Morgen geht es nicht, ich muss unbedingt zur Probe." An Martin gerichtet: „Frag doch Omi."
„Nein! Hilfe! Bitte nein. Ich will nicht, dass Omi das weiß."
Barbara freundschaftlich: „Okay, alter Schwede, dann gehen eben wir zwei."
Martin ganz leise: „Danke. Barbara." Er schnappte seinen Walkman und verschwand schleunigst in seinem Zimmer.
Als Lena dann endlich erschöpft ins Bett ging, stellte sie fest, das war abermals ein furchtbarer Tag, aber mit viel Dankbarkeit dachte sie an Barbara, die sich wirklich als eine perfekte Freundin zeigte. Nehme ich mir für Martin zu wenig Zeit? Vielleicht. Oder sind diese widerlichen Auswüchse normal? Ihre Gedanken sprangen zu David und dann zu Mathilde und mit Tränen in den Augen schlief sie ein.

David holte aus seiner Wohnung in Zürich, die er vorerst Mathilde zur Verfügung stellte, die letzten Bücher ab und er war sehr froh, dass Mathilde außer Haus war. Sie konnte es einfach nicht verstehen und vor allem nicht akzeptieren, dass er andere Wege gehen wollte, was heißt wollte, er konnte gar nicht anders.
David wohnte vorerst bei einem Freund und war auf der Suche nach einer kleinen Wohnung.
Bevor er ins Auto stieg, fuhr ein Mann von der Post vor, er hatte einen Eilbrief für ihn. Einen Brief von Lena? Ganz erstaunt öffnete er ihn. Las ihn. Ein Abschiedsbrief. Aber warum? Was ist passiert?

Lena betrat die Heilpraxis von Barbara, sie fiel ihr

weinend um den Hals und sagte: „Ich werde das Konzert absagen, ich kann mich einfach nicht konzentrieren und meine Hände zittern zu sehr."
„Das kriegen wir schon hin. Und Mädchen, es ist höchste Zeit, dass du wieder normal denkst und fühlst. So ein Liebeskummer ist nun wirklich kein Weltuntergang." Und lachend sagte Barbara: „Schau mich an, ich habe Erfahrung damit und irgendwie bin ich froh, dass ich kein Mannsbild im Haus, sondern nur manchmal am Hals habe. Ich hätte auch gar nicht die Muße dazu. Und wenn du ehrlich bist, du auch nicht! Und David wäre sowieso immer unterwegs. Also, jetzt reiß dich am Riemen, teure Freundin!"
Barbara gab Lena einige Spritzen. „So, jetzt habe ich dich mit Kraft und Seelenbalsam ausgestattet, jetzt schleppe ich dich noch auf eine Salatplatte und dann fährst du nach Hause und übst, übst und übst! Ist das klar?"

Wochen später nach einem Konzert. Martina schenkte Lena noch etwas Wein ein: „Trink, mein Schatz, das tut dir gut. Du hast so schön gespielt. Einfach wunderbar! Du bist wirklich eine sehr begabte Pianistin, ich bin so richtig stolz auf dich."
„Danke, Mama, ein Kompliment von dir ist immer Balsam für meine Seele." Lena nahm das Glas Wein in die Hand und prostete ihrer Mutter zu. „Auf uns, liebe Mama!" Martina erwiderte liebevoll, trank einen Schluck und dann sagte sie sehr ernst: „Stell dir vor, David hat mich heute angerufen und sich nach dir erkundigt. Wie es dir geht und so, und er versteht überhaupt nicht, dass du nicht mit ihm reden willst. Bevor er zwei Monate in den Kongo geht, möchte er dich gerne treffen. Erfüll ihm doch diesen Wunsch."

„Ich hab den Kopf jetzt so voll, der Zeitpunkt ist nicht gut."
„Der Zeitpunkt ist für dich nie gut, aber es ist auch kulturlos, wenn du seine Briefe immer wieder zurückschickst, die Telefonate unterdrückst und auf seine SMS und Mails nicht antwortest."
Lena sah ihre Mutter sehr betroffen an.
„Bist du zu feige dazu?"
„Aber hallo, wer ist und war da zu feige? Er hat nicht mit mir geredet! Er war zu feige, zu sagen, dass er Mathilde noch immer liebt. Er war es, der alles kaputt gemacht hat. Himmelherrgott noch mal, lasst mich doch in Ruhe! Was wollt ihr eigentlich alle, mir geht es ganz gut und er hat wieder seine Mathilde."
„Aber er lebt doch schon lange nicht mehr mit dieser Frau zusammen."
„Woher weißt du das?"
„Von ihm."
„Und das glaubst du?"
„Natürlich."
Lena stand auf, ging im Raum auf und ab und sagte dann: „Mich würgt es immer im Hals, wenn ich an ihn denke."
„Dann ändere das schleunigst, wie auch immer du dich entscheidest, aber auf Dauer die Beleidigte zu spielen, ist keine Lösung."
„Irgendwie hast du recht", gab sie kleinlaut zu.
Lena setzte sich wieder und lächelte ein wenig.
Martina seufzte und sah Lena ernst an. „Ich werde zur Elisabeth fahren, die braucht mich dringend, sie hat auch Probleme mit dem Blutdruck, aber vor allem mit dem Herz. Ich habe mit Barbara telefoniert, die will für ein paar Tage mitfahren und sie untersuchen."
Beide Frauen waren für eine Weile ganz still und

betroffen. „Mama, auch ich begleite dich, ich meine, ich bringe euch mit meinem Auto hin. Ich will Elisabeth auch sehen. Und du weißt ja, Barbara fährt so wild."
Martina lächelte erleichtert. „Das würdest du wirklich tun?"
„Natürlich, Mama. Gerne sogar. Und ich danke dir, du hast mich gerade von einem riesengroßen Felsblock befreit. Was heißt Felsblock? Der ganze Tauern purzelte von meiner Seele."

Auf der Autobahn Richtung La Spezia hielt Lena an einer Raststätte an und sagte: „Also, ich brauch einen Kaffee", und Martina und ihren Sohn fragte sie: „Bleibt ihr im Auto?"
Martin: „Ich ja." Und er deutete auf seine Kopfhörer und zeigte auf sein Jausensackerl, das Martina liebevoll mit vielen Köstlichkeiten vorbereitet hatte.
Martina entgegen meinte: „Ich muss aufs Klo."
Barbara schlief tief und fest.
Als sie dann endlich nach acht Stunden in Capriglia ankamen, waren alle drei ziemlich müde und geschafft. Doch das Wiedersehen mit Elisabeth und als sie die wunderbare Aussicht bis zum Meer und über die ganze Versilia genossen, verwehte jegliche Müdigkeit. Die ganze Reiselast war plötzlich wie weggeblasen.
„Ist das ein schöner Blick. Ein Paradies! Elisabeth, da ist es doch nicht möglich, dass man gesundheitliche Probleme bekommt. Mit dieser Traumaussicht wirst du allemal 100 und mehr!" Barbara war außer sich vor Freude, sie umarmte Elisabeth und tanzte mit ihr.
„Nicht so wild, kleine Barbara, mir wird so leicht schwindlig", wehrte Elisabeth ab.
Barbara, Lena und Martin blieben zwei Tage.

Barbara beschäftigte sich ziemlich intensiv mit Elisabeth, versorgte sie mit vielen Naturheilmitteln und schrieb ihr eine Diät auf, die sie gleich Martina in die Hand drückte.
Als Lena das ganze Gepäck wieder ins Auto packte und etwas traurig war, dass sie Abschied nehmen musste, fuhr ein Auto vor und David sprang heraus. David ging sofort auf Lena zu, wollte sie umarmen, doch Lena wehrte ab.
David sagte bittend: „Ich muss mit dir sprechen. Alleine und in Ruhe!" Und er sah sie mit seinen warmherzigen braunen Augen liebevoll an und sie bemerkte auch, wie aufgeregt David war.
Lena wurde ganz blass und erwiderte leise: „Wir sind bei der Abreise, wie du siehst."
Hartnäckig meinte David: „Soviel Zeit muss sein, gehen wir ein paar Schritte."
Lena zögerte. „Willst du nicht deine Mutter zuerst begrüßen?"
„Nein, später. Ich bin nur wegen dir hergekommen, ich muss morgen wieder in Zürich sein und fahre heute noch zurück. Lena, komm! Lass uns endlich miteinander reden." Es wurde ein sehr langer Spaziergang mit vielen Diskussionen, aber auch mit einer neuerlichen Annäherung und einer zärtlichen Versöhnung . Eng umschlungen kehrten die beiden zum Haus zurück.
Elisabeth und Martina sahen einander an und zeigten sich sehr glücklich, dass sich ihre Kinder endlich wieder verstanden. Elisabeth zu Martina: „Die zwei gehören einfach zusammen. Findest du nicht auch?"
Martina: „Du hast recht. Und ich bin vor allem so glücklich, dass ich jetzt eine Zeit lang bei dir bleiben kann. In Salzburg habe ich mir große Sorgen gemacht, aber wenn ich dich hier so sehe, dann ist

alles viel leichter. Und ich werde dich verwöhnen." Lena, Barbara und Martin reisten ab und David blieb noch eine Weile bei seiner Mutter und Martina. Doch seine Gedanken begleiteten Lena und die beiden Frauen schmunzelten, denn sie merkten, dass er so sehr abwesend war, dass er den Gesprächen gar nicht folgen konnte.

„Mama, ich will noch schnell ans Meer. Bitte!", bettelte Martin.
„Wir auch", sagte Lena ganz sanft und liebevoll.
Barbara grinste und scherzvoll sagte sie zu Martin: „Schau deiner Mama mal ganz genau in die Augen, dann siehst du, dass sich ihre Pupillen erweitert und zu Herzerl verformt haben."
Lena lächelte, blieb still, doch ihr Gesicht lief rot an, in ihrem Körper breitete sich ein unwahrscheinlich großes Glücksgefühl aus, das schöner war als das Schwimmen im lauwarmen Wasser und vielleicht mit einem sanften Schweben über den Wolken vergleichbar war.
Nach dem erfrischenden Bad im Meer fuhren sie weiter.
„Mama! Halt! Falsch! Du fährst nach Genua, wir müssen nach Parma", schrie Martin.
Lena bremste, dass die Reifen quietschten. „Ach du liebes bisschen! Barbara fahr bitte du, aber versprich mir, dass du nicht zu schnell fährst."
„Ein wenig Pfeffer in den Auspuff kann nicht schaden", grinste Barbara. „Du tanzt ja einen langsamen Walzer auf der Autobahn."

Lang nach Mitternacht kam David in Zürich an, er war aber kein bisschen müde, seine Gedanken schwirrten zu Mathilde. Vielleicht war für sie alles viel zu spontan, aber zu lügen und dann der

Aufwand mit der Fahrt nach Salzburg, das war ein ziemlich starkes, ein abscheuliches Stück.
David nahm sich vor noch einmal mit Mathilde zu reden. Oder nicht? Eher nicht.
Nun dachte er liebevoll an seine Lena. Und er sehnte sich ganz stark nach einem gemeinsamen Leben mit dieser Frau. Er wusste aber auch, dass es nicht einfach werden würde. Denn Lena reiste von einer Tournee zur anderen und er selbst war als Auslandskorrespondent ebenfalls viel unterwegs.
Er nahm das Handy zur Hand und schrieb an Lena eine SMS: *Ich liebe dich! Gute Nacht, dein David*

Martina ließ sich von Elisabeth in der Küche alles zeigen, denn sie wollte nun ein paar Wochen auch das Kochen übernehmen.
„Was hat denn Barbara dir alles gegeben und geraten?", fragte Martina neugierig.
„Eine ganze Menge, wenn ich das alles nehme und beherzige, was sie mir geraten hat, dann bin ich den ganzen Tag damit beschäftigt."
„Gut, jetzt bin ich ja da. Ich koche für uns und du pflegst dich."
Elisabeth lächelte Martina dankbar an.
Martina energisch: „Wir fahren täglich zum Meer und machen Atemübungen. Ich bin Barbara sehr dankbar, sie hat mich auch schon oft gerettet und ich bin meistens eine sehr brave Patientin. Befolge alles, was sie sagt. Fast alles." Sie lachte.
„Ja, ich werde es versuchen. Sie meinte, dass ich dringend zu einem Herzspezialisten gehen und genaueste Untersuchungen machen muss."
„Was sein muss, muss sein", sagte Martina aufmunternd. „Ich werde dich begleiten."
Elisabeth lächelte dankbar und meinte dann, dass sie vorher so gerne noch nach Montenero fahren

würde. „Ein wunderbarer Wallfahrtsort oberhalb von Livorno. Die Aussicht ist ganz zauberhaft."
„Nichts wie hin", antwortete Martina begeistert.

In der alten Bergbahn, die von Livorno die Frauen zu dem Wallfahrtsort führte, war Martina nicht mehr zu halten. „Ist das schön hier, diese Aussicht."
Elisabeth lächelte sie etwas müde an.
Martina weiter: „Ich möchte dann nachher unbedingt auch ans Meer."
„Ich kenne eine kleine Osteria im Hafen, da siehst du alle Schiffe ankommen und abfahren und die Meeresprise geht dir durch und durch, du spürst sie sogar auf der Zunge."
Elisabeth erklärte Martina, dass die Madonna von Montenero seit 1947 die Schutzpatronin der Toskana ist. Das Altarbild sei eine kleine toskanische Kostbarkeit.
Ganz in sich gekehrt verbrachten die beiden Frauen eine lange Zeit in der Kirche, es wurde eine heilige Messe zelebriert und anschließend genossen sie noch einmal den zauberhaften Panoramablick.
Martina ganz begeistert: „Ich bin ganz verliebt in dieses Italien und weißt du, was mir außer dem Meer und der reichen Kultur besonders gefällt?"
„Nein."
„Die Menschen, sie sprechen dich gleich mit dem Vornamen an, scherzen mit dir herzlich, wollen wissen, wie es dir geht, was du machst und wünschen dir einen schönen Tag. Und das, obwohl sie dich kaum kennen."

Wiedersehen mit Salzburg

Stefan Zweig und Regina Preston

David holte nach ein paar Wochen seine Mutter nach Zürich, er bestand darauf, dass sie die Untersuchungen im Universitätsspital durchführen ließ. Auch Martina fuhr mit.
Das Ergebnis war, dass ihr dringend zu einer Bypassoperation geraten wurde. Der Chefarzt wollte sie gleich für eine Operation vorbereiten, doch Elisabeth lehnte ab. „Bevor ich das machen lasse, will ich zur Barbara fahren." So fuhr David mit seiner Mutter und Martina in ihre Praxis nach Deutschland, in die Stadt Bad Reichenhall in der Nähe von Salzburg.
Barbara ging mit den Untersuchungsergebnissen zu einem Spezialisten, der feststellte, dass der Eingriff nicht gemacht werden muss. Gemeinsam mit Barbara stellte er eine gute Medikation zusammen, aber er bestand darauf, dass sie öfters zur Kontrolle kommen sollte.
So kam es, dass Elisabeth doch wieder österreichischen Boden betrat. Sie bat sogar in Salzburg um einen gemeinsamen Spaziergang in die Altstadt. Zwischendurch flossen immer wieder Tränen, dann entdeckte sie das Plakat von Stefan Zweig. 1992, im 50. Jahr nach seinem Tod, hatte ihm Salzburg eine große Ausstellung gewidmet. Elisabeth führte Martina auf den Kapuzinerberg, zeigte ihr das Haus, wo Zweig einst gewohnt hatte und sie früher mit ihrem Mann oft vorbeispaziert war.
Gemächlich wanderten die zwei Freundinnen weiter zum Kapuzinerkloster und rasteten dann auf einer Bank mit Ausblick über die Salzach und auf die Altstadt. Elisabeth war nun froh, dass sie sich zu

diesem Besuch aufraffte und viel alter Ballast fiel dabei von ihrer Seele. Sie zeigte in Richtung Süden und weinerlich sagte sie: „Dort hast du uns versteckt! Weißt du noch?"
„Welche Frage..."
Auf dem Rückweg blieben die Frauen abermals vor dem ehemaligen Zweig-Haus stehen und plötzlich meinte Elisabeth fröhlich: „Martina! Stell dir vor, ich lernte in Pietrasanta bei einem Fest die Regina Preston kennen, die ist ja irgendwie mit dem Zweig verbandelt. Nicht direkt verwandt, aber zu ihren Halbschwestern war Zweig der Stiefvater."
„Wie jetzt?"
„Der Vater von Regina Preston war in erster Ehe mit Friederike Zweig verheiratet und hatte mit ihr zwei Töchter, die Suse und Alix von Winternitz. Der Vater hieß Felix Edler von Winternitz, die Mutter meines Mannes kannte die Familie gut."
Martina lächelte. „Entschuldige, aber das ist mir alles zu verwirrend."
Elisabeth lachte und zeigte auf das Zweig-Haus. „Regina hatte in Amerika einen sehr guten Kontakt zu ihren zwei Halbschwestern. Und ebenso zu Friederike Zweig, die hat einiges für Regina und ihren Mann getan. Friederike Zweig war ja auch eine Schriftstellerin und bekannte Journalistin, die viele Romane und Artikel veröffentlichte, aber in der Ehe mit Stefan Zweig hat sie ihre Arbeit ziemlich vernachlässigt und ihren Mann in den Mittelpunkt gestellt. Sie war angeblich sozusagen seine Managerin. Ich habe einige Bücher von ihr. Musst du lesen!"
„Hieß Zweigs Frau nicht Lotte?", sagte Martina kleinlaut.
„Ja, seine zweite."
„Was du so alles weißt. Gib mir doch bitte eine von

deinen Galganttabletten, Familiengeschichten verursachen bei mir immer Schwindel und eine entsetzliche Müdigkeit."
Ohne mit dem Redeschwall aufzuhören, steckte Elisabeth ihrer Freundin eine Tablette in den Mund, selbst nahm sie auch eine und engagiert meinte sie: „Zweigs zweite Frau arbeitete ja vor allem als seine Sekretärin, und zwar ziemlich unterwürfig. Mit der hatte er schon lange, auch als er noch mit Friederike verheiratet war, ein Techtelmechtel. Und wie bekannt ist, war Zweig ein ziemlich egoistischer Macho, Frauen waren für ihn das Mittel zum Zweck. Auf jeder Linie. Wenn du weißt, was ich meine. Wirklich bedeutend für sein Leben waren für ihn nur Männerfreundschaften."
„Elisabeth, entschuldige, er war ein großartiger Schriftsteller."
„Ja und wie. Phhh! Die Tablette ist scharf. Aber mein Herz wird immer besser, Barbara ist ein Genie!"
Martina nickte nur, ihr war schon alles zu viel. Zuerst die Ausstellung, der Föhn, der anstrengende Spaziergang und die nicht mehr zu stoppende Elisabeth. So kannte sie ihre Freundin gar nicht, aber sie verstand sie auch zu gut. Nach so vielen Jahren wieder in Salzburg, da kamen unzählige Erinnerungen zum Vorschein und außerdem wollte sie ihr alles erzählen, was sie erlebt hatte und für wichtig hielt. Martina ging langsam auf eine Bank zu und setzte sich seufzend.
„Regina ist Halbjüdin und sie wurde 1939, als der Krieg ausbrach, von ihren Eltern nach England verschickt, nach Bristol."
Martina war ganz still und eigentlich wollte sie sagen: Sei mir nicht böse, aber diese Geschichte interessiert mich gar nicht so sehr. Aber als brave

Freundin und Zuhörerin biss sie sich weiter durch. „Stell dir vor, sie musste als 14-jähriges Mädchen ganz allein in die Fremde. Ihr Vater war sehr krank und ihre Mutter konnte ihn nicht alleine lassen, aber die Tochter wollten sie in Sicherheit wissen."
Martina reagierte ziemlich verärgert: „Ein Mädchen mit 14, im schwierigsten Alter, allein in die Fremde zu schicken, das ist ein starkes Stück."
„Ja, du hast recht, aber wahrscheinlich hatten sie Angst um sie!"
„Elisabeth, entschuldige bitte. Ich verschicke mein Kind doch nicht mutterseelenallein in die große weite Welt!"
„Also. Ja, das klingt jetzt alles sehr hart. Sie erzählte mir auch, dass sie mit ihrem Mann nie Kinder haben wollte, damit sich so ein schreckliches Menschenlos nicht nochmals wiederholen konnte."
„Auch nicht verständlich."
„Sie ist eine sehr herzliche intelligente und fesche Frau. Bemerkenswert, dass sie mit über 70 Jahren noch eine neue Heimat in Italien suchte und auch fand. Außerdem ist Regina sehr musikalisch, hat in England Gesang studiert und in New York ist sie einige Male mit einem Opernensemble aufgetreten. Sie war eine Sopranistin, meistens hatte sie kleinere Rollen, erzählte sie, aber sie muss sehr gut gewesen sein, denn sie sang auch die großartige Tosca. Und stell dir vor, ihrem Mann zuliebe gab sie den Beruf auf. Ein wenig Wehmut klang aus ihren interessanten Schilderungen heraus, ich kann sie sehr gut verstehen. So ist das Leben. Regina kannte die gesamte Musikszene in New York und Umgebung, vor allem die vielen Juden, die damals aus Europa nach Amerika geflüchtet sind."
Martina hatte sich auf der Bank wieder etwas erholt und horchte weiterhin geduldig zu.

„Wenn wir wieder in Italien sind, dann besuchen wir Regina. Sie lebt ganz in der Nähe. Ja?"
Martina kleinlaut: „Machen wir."
„Ihr Mann flirtet sehr gerne, nimm dich in Acht."
„Wenn er nicht frech wird, ich flirte auch sehr gerne. Diese Regina wär doch was für Martins Freundin, die schreibt ihre Diplomarbeit über die Entstehung des Musicals und über die Musikszene am New Yorker Broadway vor und während des Zweiten Weltkrieges."
„Regina wäre da sicher sehr begeistert, wenn sie dem Mädchen helfen kann."
Nachdenklich schlenderten die Frauen dicht nebeneinander. Martina blieb plötzlich stehen, umarmte Elisabeth und sagte herzlich: „Für mich ist es wie ein Traum, dass du hier bei mir in Salzburg bist. Die Vergangenheit empfinde ich, als wäre sie in einem anderen, in einem früheren, fiktiven Leben geschehen."
„Und im jetzigen, meine Liebe, werden wir zwei aktiven Pensionistinnen der Welt noch zeigen, wo Gott wohnt. Was meinst du dazu?"
Martina lächelte nur.
Ganz langsam stiegen die zwei Frauen die Stufen hinab in die Linzergasse. Unten angekommen sagte Elisabeth: „Gehen wir noch ins Geburtshaus von Joseph Mohr?" Die Antwort von Martina war sehr zögerlich und klang fast ein wenig verzweifelt: „Das Tomaselli wäre mir lieber."
Das Tomaselli siegte, aber nur weil das Museum bereits zuhatte. Was für ein Glück dachte Martina.
Die beiden saßen still und erschöpft bei Wasser und Kaffee. Plötzlich sagte Elisabeth: „Verzeih mir, liebe Martina, ich bin rücksichtslos alle Wege gegangen, die mein Herz begehrte und habe dich total niedergeredet. Stimmts?"

„Ja, liebes Lieserl, ich bin fix und fertig und habe alle meine Sünden abgebüßt."
Die beiden Frauen lachten herzlich und als das Kuchenwagerl zum Tisch kam, bestellten sie sich einen Apfelstrudel mit viel Schlagobers.
Martina tat die Ruhe beim Essen richtig gut und sichtlich auch Elisabeth, die sehr zufrieden ihre Mehlspeise genoss.
„Eine Sachertorte bekommen wir ja auch in Italien, aber so einen Apfelstrudel nicht. Der schmeckt so gut!"
Martina lächelte. „Ja, er ist gut, aber eigentlich sollst du keine süßen Sachen essen. Oder?"
„Heute ist alles erlaubt. Ich werde es Barbara morgen beichten. Sie will mit mir ein wenig die Vergangenheit aufarbeiten. Die Frau ist einfach toll. Mit einer fröhlichen Leichtigkeit kitzelt sie die tiefsten Schmerzen aus meiner Seele. Einfach unglaublich, wie bei mir jetzt viele ganz alte Verkrustungen aufbrechen. Wie geht es denn dir mit diesen gravierenden Erlebnissen aus dem Krieg und der Nachkriegszeit?"
„Die Nachkriegszeit, die möchte ich niemals missen, da habe ich menschlich so viele gute Erfahrungen gemacht. Natürlich musste ich sehr sparsam sein und jeden Groschen zweimal umdrehen, doch das hat weder mir noch meiner Lena geschadet. Aber im Krieg, der Verlust meines Mannes, das zerbombte Haus, dauernd habe ich mit meiner Kleinen in Angst gelebt und musste immer die Starke spielen. Das Flüchten und die vielen gefährlichen Erlebnisse. Ich habe oft Todesängste ausgestanden."
Elisabeth nahm mit Tränen in den Augen die Hand von Martina und drückte sie fest.

Verpatzter Heiratsantrag

David hasst seinen Beruf

„Also, David, der Artikel über Belgrad und Mostar hat mir fast meine Schuhe ausgezogen und ich bekam eine richtige Gänsehaut."
„Ja, meckere nur wieder, als Chefredakteur hast du ja allemal das Recht dazu." David machte eine abfällige Handbewegung und dann wurde er laut, was bei ihm sehr selten vorkam. „Mein Auto flog mit einer Brücke in die Luft. Aber ich lebe noch. Ihr weint alle um die schöne Brücke in Mostar und dabei werden dort die Kinder von den Dächern geschossen. Und weißt du was, deine Meinung interessiert mich heute überhaupt nicht!"
„Mensch, Mann, beruhige dich! Ich bin ja sowas von begeistert. Diese zwei Artikel haben mich zu Tränen gerührt. Zu Tränen. Verstehst du?"
David musterte seinen Chef etwas ungläubig und kritisch, lächelte ihn aber dann an und sagte: „Du und Tränen? Eher speit der Vesuv Gummibärchen!" Beide lachten.
„Sag, wie bist du denn dann ohne Auto weitergekommen? Durch das ganze Kriegsgebiet und wieder zurück?"
„Nach Mostar bin ich mit Kollegen gefahren und habe mich in Medjugiore einquartiert, in diesem Wallfahrtsort, der ganz nahe bei Mostar liegt. Und dann, du wirst es nicht glauben, bin ich mit einem Pilgerbus zurückgefahren. Die Pilger haben die ganze Zeit den Rosenkranz gebetet und die Mutter Gottes um eine friedliche Fahrt angefleht. Nichts ist uns passiert und sogar an den Grenzen gab es für uns keine Kontrollen. Es war eine Reise, wie du sie niemals buchen könntest."

David wollte gehen, der Chefredakteur hielt ihn am Arm fest. „Wegen des Schadens geh zu meiner Sekretärin, die erledigt alles. Gut, dass du noch heil bist."
Davids Sekretärin gestikulierte am Ende des Ganges wild mit den Armen und rief aufgeregt: „David, dein Handy läutet immer wieder." So ließ David seinen Chef einfach stehen und rannte los, dann hörte man David ins Telefon gurren: „Liebste! Du bist schon da? Hast du die frühere Maschine genommen?"
Lena antwortete aufgeregt: „Ja, das musste sein. Bei dem Schreck, den du mir eingejagt hast. Ich habe immer noch weiche Knie und kann es nicht erwarten, dich endlich in meinen Armen zu spüren."
„Ich rase, warte bitte im Café."
„Hast du denn schon wieder ein Auto?"
„Ja, ja! Bin schon unterwegs..."
David flog über die Stufen, rempelte einen Kollegen unsanft an, aber am Parkplatz stellte er fest, dass er die Autoschlüssel am Schreibtisch liegen gelassen hatte. So spurtete er hurtig zurück: Er machte für andere den Eindruck, als würde er auf der Flucht sein und nicht seinem Glück entgegenrasen.
Auf der Fahrt überholte er fast alle Fahrzeuge und die 17 Kilometer bis zum Flughafen schienen ewig zu dauern.
Der aufgeregte Mann achtete kaum auf die vielen Geschwindigkeitsbegrenzungen. Das Leben kann so schön sein, dachte sich David.
Endlich ein Lichtblick am Horizont, nach all diesen qualvollen Strapazen und den fürchterlichen Erlebnissen. Erlebnisse, die ihn manchmal an die Grenzen seiner Wahrnehmungen brachten. Nun fühlte er sich so frei und glücklich wie selten zuvor. Er kontrollierte im Rückspiegel sein Aussehen,

strich mit seinen Fingern ein wenig durch seine
struppigen Haare, kontrollierte seine Zähne. Alles
in Ordnung und seine braunen Augen blitzten freudig.
Endlich lagen sie sich in den Armen, Lena liefen die
Tränen über die Wangen und gleichzeitig gluckste
sie vor Glück.
Am Abend lud David zu einem Abendessen in einem
sehr gepflegten Restaurant ein.
Die beiden scherzten und flirteten, dann überreichte David seiner Angebeteten einen wunderbaren
Ring, er sah aus wie ein Ehering und hatte einen
winzigen Brillanten. „Und jetzt müsste ich eigentlich vor dir niederknien, um dich etwas Wichtiges
zu fragen. Bitte sag ja!" Lena steckte den Ring an,
bestaunte ihn, tat so, als gefiele er ihr sehr gut, und
dann sagte sie etwas ungeduldig: „Fragen musst du
schon, wenn du eine Antwort haben willst."
Der Kellner kam gerade, servierte die Nachspeise
und schenkte beiden etwas Wein nach. David nahm
sein Glas zur Hand, dann stellte er es wieder hin,
stand auf und sagte laut und deutlich: „Bitte heirate
mich!"
Der Kellner verschwand sofort, am Nebentisch
wurde getuschelt und Lena lief knallrot an.
Irgendwie hatte sie sich diese wichtige, diese alles
ändernde Frage anders vorgestellt. Romantischer.
Und sie brachte auch kein Wort heraus.
Sie holte einen Zettel aus der Handtasche, zeichnete darauf ein Herz und darunter schrieb sie in
Großbuchstaben JA, dann schob sie den Zettel zu
David und lächelte ihn an.

Lena war noch wach, tat so, als würde sie ein Buch
lesen, aber ihre Gedanken flogen hin und her. Ihr
fiel ein, wie sie damals in Wien ihren Ehering vom

Finger gestreift und der Schwiegermutter mit dem Bemerken in die Hand gedrückt hatte, dass sie mehr Anrecht auf diesen Ring hätte. Lena schämte sich heute noch dafür. Dann schlief sie ein.
David nahm ihr das Buch aus der Hand, küsste sie zärtlich und wollte auch schlafen, aber er war noch lange wach. Er spürte, dass es nicht rundlief. Aber warum? Und warum konnte er nicht bis morgen warten. Und der Ring? Entsetzlich! Er passt überhaupt nicht zu ihr. Ihre wunderbaren schlanken Finger vertragen gar keinen Schmuck. Er hatte Lena eine große Freude machen wollen, aber das war nun ja wirklich total schief gegangen. So als Selbsttrost sagte er sich, ich werde mich morgen entschuldigen und mit ihr in das Schmuckgeschäft gehen, damit sie sich etwas anderes aussuchen kann.

„David, wie stellst du dir unser gemeinsames Leben vor? Du in Zürich, ich bald in Wien."
„Ich dachte nur an das Jetzt, wo du noch in Salzburg bist. Zürich ist von Salzburg nicht weit entfernt und außerdem könnte ich viel in Salzburg arbeiten und die Texte und Fotos elektronisch schicken. Dass du wieder nach Wien gehen willst, wusste ich ja nicht. Und Zürich würde dir nicht gefallen?"
„Ich schrieb dir doch, dass ich in der Nähe von Martin sein möchte und außerdem kann mir Wien im Moment beruflich einfach mehr bieten." Lena sah David fast herausfordernd an.
„Also, Martin kommt schon lange allein zurecht! Bitte, mit über 30 Jahren, da müssen andere schon eine Familie versorgen."
„Ja, ja, ich weiß, er hat sich eben für das Erwachsenwerden Zeit gelassen. Und bis er das richtige Studium gefunden hat. Na ja, er ist eben ein

Spätentwickler. Aber die meisten sind heutzutage mit 30 Jahren gerade erst der Kinderstube entwachsen."

David lächelte bitter, ging aber bewusst nicht näher auf diese doch außergewöhnlich hochsensible Entwicklungsgeschichte von Martin ein, aber fordernd meinte er: „Und beruflich, entschuldige bei deinem Namen, wäre für dich auch Zürich gut. Es ist hauptsächlich Martin. Oder?"

„Hör zu, seine heißgeliebte Oma ist meistens in Italien, sein Vater in Berlin und ich glänze auch oft durch Abwesenheit."

David nachdenklich: „Vielleicht kann ich in Wien Fuß fassen, aber eigentlich gibt es dort nur die *Salzburger Nachrichten,* die mich eventuell interessieren würden! Vielleicht noch der *Standard,* aber grundsätzlich sind die alle überbesetzt."

„Schatz, lass uns in Ruhe überlegen, was für uns das Beste ist. Du weißt, wie sehr ich mich auf ein gemeinsames Leben mit dir freue, aber im Moment haben wir gerade nicht den richtigen Zeitpunkt, um uns ein Nesterl zu bauen."

„Es wäre doch schön, wenn ich von einer Auslandsreise zurückkomme, dass ich mich auf ein richtiges Zuhause freuen könnte. So haben wir zwei Plätze, immer das Hin und Her! Und ich rase von Haus zu Haus. Auch du, bitte."

„Vielleicht wandeln wir so wie unsere Mütter, ein paar Monate in Österreich und dann wieder in den Süden. So könnten wir das ja auch mit Zürich und Wien tun."

„Das geht bei uns nie, die beiden Damen sind Pensionistinnen und wir arbeiten, das ist ein großer Unterschied."

„Schatz, wir sind ja auch bald im Pensionsalter und bis dorthin könnte ja alles so bleiben, wie es ist."

Es blieb auch so, wie es war, denn es kam eine sehr aufregende und intensive Zeit für das Liebespaar.

Im Jahr 1994 musste David nach Ruanda, um über das Riesenmassaker mit über einer Million Toten zu berichten. In etwa 100 Tagen töteten Angehörige der Hutu-Mehrheit 75 Prozent der Tutsi-Minderheit. Die Tutsi-Minderheit sollte komplett vernichtet werden. Bei diesem fürchterlichen Völkermord entstanden unzählige Probleme. Nicht nur allgemein in Europa, auch David kritisierte in seinen Berichten die Untätigkeit der Vereinten Nationen, der USA sowie Großbritanniens und Belgiens. Unzählige Menschen flüchteten, da ein Zusammenleben nicht mehr möglich war.

David ging diese Berichterstattung sehr an seine Substanz, es erinnerte ihn viel an seine eigene Geschichte und er war äußerst wütend, als ihm der Chef vom Dienst aus einem seiner Berichte die Angaben über die Kriegswaffenlieferungen nach Ruanda gestrichen hatte.

Es entstand ein ziemlich unangenehmer Streit, der damit endete, dass David vom Herausgeber und auch vom Chefredakteur eine Zurechtweisung erhielt. Man könnte doch nicht sein eigenes Nachbarland „anpinkeln".

David flog total zerrüttet und ausgelaugt für ein paar Tage nach Wien. Zum ersten Mal hasste er seinen Beruf. Er fand es sehr ungerecht, dass er sich in den Kriegsländern teilweise in Gefahren begab, peinhart recherchierte und recherchierte und dann mit einem Strich wurde sein Bericht zerstört. Dass Frankreich die meisten Waffen lieferte, hätte man ohne Weiteres schreiben können. Müssen! Eine Flugbegleiterin bot ihm einen Kaffee an, den er mit großer Dankbarkeit schlürfte, so als sei es ganz etwas Besonderes. David genoss die Tage in Wien,

er ließ sich ziemlich verwöhnen und er überschüttete Lena mit vielen Eindrücken und Ereignissen.
„Liebster, horch, dein Artikel mit dem Titel: *Wann entdeckt die Menschheit den Friedensschlüssel?* ist mir unheimlich unter die Haut gegangen. Auch Barbara war ganz begeistert."
„Mir ist er auch unter die Haut gegangen, mein Schatz!"
Lena war sehr erstaunt über Davids Äußerung und es lag in seiner Stimme ein leicht aggressiver Ton.
„Ich bin nicht glücklich, dass du immer wieder in Länder fliegst, wo Riesenmassaker, Kriege, Not und Flucht im Mittelpunkt stehen. Ich finde, deine Seele leidet sehr darunter. Du bist viel zu sensibel für diese Arbeit! Warum gehst du nicht in die Kulturredaktion? Du verstehst so viel von der Musik, Literatur und Malerei. Sag mir, Liebster, warum machst du ausgerechnet diese gefährlichen Auslandsreportagen?"
„Na ja, der Beginn vor vielen Jahren war ja äußerst interessant für mich, es gab auch immer wieder Positives zu berichten und es ist mein Fachgebiet."
„Du warst jünger!"
David lehnte sich im Polstersessel weit zurück und seufzte tief. „In letzter Zeit hadere ich sehr, denn es gibt nur mehr Krieg und nochmals Krieg, Korruption und Umweltkatastrophen. Und ein gravierender Punkt, mit dem ich kämpfe, ist: Ein Menschenleben zählt kaum mehr. Aber was am Allerschlimmsten ist, ich kann gar nicht mehr schreiben, was ich will. Wir werden alle manipuliert!"
„Manipuliert? Das verstehe ich nicht. Tatsache ist, ich spüre beim Lesen deiner Artikel immer deine eigene Betroffenheit heraus."
„Das soll eigentlich nicht so sein, denn ich muss

beim Schreiben sachlich und, so gut es geht, objektiv bleiben. Weißt du, besonders betroffen machen mich jetzt in den Kriegsländern die vielen Toten und Verletzten der Zivilbevölkerung und die unzähligen, schuldlosen Kinder. Das geht total an meine Substanz."

„Ich verstehe dich. Und dann noch die anderen Katastrophen."

David wurde ziemlich laut und ging dabei auf und ab. „Vor allem die immense Zahl von Hungernden! Und die Weltwirtschaft sieht sich das aus einer rosa Brille und mit viel Ignoranz an und sie beutet die Dritte-Welt-Länder noch mehr aus. Wenn man bedenkt, dass über sieben Milliarden Menschen auf der Erde leben und davon ungefähr 800 Millionen an Hunger leiden. Europa! Europa hat etwa 800 Millionen Einwohner, lass dir das einmal auf der Zunge zergehen."

Lena hatte David noch nie so erlebt, so aufgebracht, so verzweifelt, es kam ihr vor als stünde er auf einer Bühne und ließ endlich alles raus aus seiner geschundenen Seele.

„Stell dir vor, alle zehn Sekunden stirbt ein kleines Kind an Hunger. Und wenn es nicht an Hunger stirbt, dann wird es erschossen. Da frage ich mich ernsthaft, was bringt denn meine Berichterstattung noch? Null bringt sie. Außer dass vielleicht manche Menschen betroffen sind und sie dann zu Weihnachten ihr Habenhabengewissen erleichtern wollen und eben eine kleine Spende an die Welthungerhilfe überweisen."

Lena hatte eine Flasche Wein geöffnet und befüllte zwei Gläser, eines reichte sie David, dann streichelte sie seine Wangen sehr liebevoll. Beide prosteten sich zu und nippten.

Lenas Handy läutete, sie sah sofort, dass ihre Mutter

sie sprechen wollte. „Mama, schön, von dir zu hören! Wie geht es dir denn?"
David zog sich mit einer Zeitung zurück und Lena ließ sich gemütlich in in einen Polstersessel fallen, denn wie üblich wurde es ein langes Gespräch. Martina erzählte, dass Martin bei ihr war und sie das Beisammensein sehr genoss und dass ihr Martin auch viele Ratschläge für ihre Gesundheit gab. „Und hör zu, er räumte meinen Kühlschrank komplett aus und entsorgte fast alle Lebensmittel. Dann ging er mit mir einkaufen und jetzt lebe ich von Haferflocken, Äpfeln, Sellerie, Karotten, Kartoffeln, grünem Tee und Wasser mit Apfelessig. Was sagst du?"
„Macht dein hoher Blutdruck wieder Probleme?"
„Ja, ja. Und dann hat er mir mein Blutdruckmittel weggenommen. Er behauptete, dass es Quecksilber enthalte und meinen ganzen Körper vergifte. Wir sind dann gemeinsam in die Apotheke gegangen und dort kauften wir ein paar homöopathische Tropfen. Aber das Peinliche war, er testete mich dort vor allen Menschen, ob das Mittel auch gut für mich ist!"
„So ein Kerl. Wie machte er das?"
„Du weißt schon, diese chinesische Methode mit dem Kraftarm, wie sie Barbara anwendet!"
Lena lachte schallend und meinte: „Das sieht ihm ähnlich, das musst du unbedingt der Barbara erzählen."
Das Gespräch dauerte noch lange, David kam, deutete auf die Uhr und sagte: „Konzert."
Das half, sie beendete das Gespräch, legte das Handy weg und flirtete mit David. „Gehst du am Abend in mein Konzert?"
„Welche Frage, natürlich."
„Beethovens Violin-Sonaten drei, vier und neun

spielen wir. Und! Stell dir vor, der Kollege aus Mailand spielt mit einer Stradivari. Bin fast ein wenig nervös, wir hatten nur eine gemeinsame Probe."

„Ihr zwei habt so schön gespielt, es ging mir durch und durch."
Lena bedankte sich mit einem innigen Kuss. „Dafür spielen wir ja, dass es euch allen durch und durch geht!"
David sehr ernst: „Wenn jeder Politiker, der sich in kritischen Situationen befindet, eine schöne Musik anhören könnte, bevor er etwas entscheidet, dann würde es, so denke ich, weniger Kriege geben."
„Das ist das schönste Kompliment, das ich jemals gehört habe!"
Gemütlich schlenderten die beiden noch auf ein Glas Wein zu einem Heurigen.
Lena versuchte in diesen Tagen David besonders nahe zu sein. Aber irgendwie kam sie nicht so richtig an ihn heran, er blockte ab, wo es nur ging. So war sie froh, dass am letzten Abend ihr Sohn Martin kam und ein paar lustige Studentenepisoden erzählte.
In der Nacht spürte Lena, wie unruhig David war, sie stand auf, bereitete ihm einen Schlaftee zu und flötete ihm Liebeserklärungen ins Ohr.
Nach ein paar Tagen musste David nach Brüssel und Lena fuhr zu einem Konzert nach Prag, danach hatte sie ein Konzert in München.
In München traf sie sich mit Barbara, die dort ein Fortbildungsseminar leitete. Nach dem Konzert steppten die zwei Freundinnen ausgelassen durch die Nacht und sie fühlten sich beinahe wie Teenies und genossen es sehr, so losgelöst von anderen Menschen zu sein.

Barbara strahlte. „So lustig habe ich dich noch nie erlebt!"
Lena lachte. „Kein Kunststück, meistens sitze ich ja am Klavier oder steh auf der Leiter!"
Barbara lachte.
„Jetzt ernst! Wann zieht ihr denn nun endlich zusammen?"
„Jetzt fängst du auch noch an!"
„Dein Lebensmittelpunkt sollte nicht unbedingt immer die Musik sein!"
Lena winkte ab und dann entdeckte sie, dass Barbara an der linken Schläfe eine kleine frische Verletzung hatte, sie sah sich die Blessur genau an und neckte Barbara: „Wilde Liebesnacht, teure Freundin?"
Barbara lachte kurz auf und dann wurde sie sehr ernst. „Ich habe mit meinen Tierschutzfreunden Hunde aus der Versuchsanstalt befreit und der Nachtwächter schlug mit einem Regenschirm wie wild auf uns ein und ein abgebrochenes Gestänge traf mich an der Schläfe. Ich bemerkte es aber erst, als wir alle wieder auf der Straße waren. Das Blut floss in Strömen und so sind wir zur Ersten-Hilfe-Station gefahren."
„Barbara! Also. Du hast mir doch versprochen, dich aus diesen gefährlichen Aktionen rauszuhalten. Das sind ja Jugendstreiche. Seid ihr vielleicht wieder in ein versperrtes Gebäude eingedrungen?"
„Mehr oder weniger."
„Barbara, das ist eine Straftat!"
„Straftat hin oder her! Wie die Tiere dort leiden, darüber hast du dir sicherlich keine großen Gedanken gemacht." Lena war sehr entsetzt. „Als ich dich damals in Wien, in Schönbrunn, begleitete, Hilfe, mir schlottern heute noch die Knie. Mitten in der Nacht sind wir über die Zäune geklettert, und

ihr wolltet den angeketteten Elefanten befreien. Mädchen, Mädchen! Dass ich da nur mitgemacht habe?"
„Auf welcher Seite stehst du eigentlich?"
„Natürlich auf deiner! Welche Frage? Aber so kann man diese Probleme nicht lösen, verdammt noch mal."
„Dann möchte ich dir auch sagen, dass wir erfolgreich waren, das weißt du doch. Die Elefantenkuh wird nicht mehr angekettet, der Zoodirektor verzichtet auf eine Nachzucht und außerdem wurde das Außengehege vergrößert."
„Das ist ja phantastisch!"
„Noch lange nicht tiergerecht, denn diesen Begriff gibt es in den Zoos gar nicht, aber immerhin eine sehr deutliche Verbesserung."
Lena stieß einen tiefen Seufzer aus, aber die tierschutzengagierte Barbara war in ihrem Redefluss längst nicht mehr zu stoppen.
„Die Menschen müssen aufgeklärt werden. Da werden Millionen für teure Kulissen ausgegeben, die aber nur den Besuchern etwas bringen, denn denen gefällt die Gestaltung der Tiergefängnisse sogar. Aber den Tieren bringt das gar nichts. Und Exoten gehören nicht in den Zoo. Basta!"
Lena etwas kleinlaut: „Du 1.000-Volt-Frau, du hast ja so recht, aber sind deine Tierschutzeinsätze nicht sehr nervenaufreibend?"
Barbara lächelte. „Ich würde mal so sagen, das Gegenteil von einem Konzerterlebnis mit dir. Aber heute bin ich so glücklich und entspannt, dass ich einen Zoodirektor vielleicht sogar auf ein Gläschen Wein einladen würde. Zufrieden?"
Lena lächelte Barbara liebevoll an, drückte ihre Hände und fragte: „Gehen wir?"
„Ein Reiseachterl noch. Okay?"

Die Frauen bestellten noch zwei Achterl und einen halben Liter Leitungswasser.
Der Kellner, ein älterer Herr, flirtete dauernd mit den beiden, vor allem mit Barbara, die dafür einfach offener war. Und irgendwie zeigte er auch sehr deutlich, dass er allzu gerne ein Glaserl mittrinken würde.
„Weißt du, Lena, an wen mich der erinnert?" Lena schüttelte den Kopf und wartete neugierig auf die Erklärung.
„An den Weihbischof, der Martin gefirmt hat, der flirtete auch dauernd mit mir."
Lena grinste. „Erinnere mich nicht an diesen scheußlichen Tag. Du hast mir Beruhigungstropfen gegeben, meine liebe Mama auch und dann bin ich in der Kirchenbank eingeschlafen."
Barbara lachend: „Hallo, Schatz, sei uns dankbar, dir war dadurch der Besuch der schönen Frauen aus Wien, der alten Schwiegermutter und der neuen Frau deines Ex sowas von egal, dass du sie sogar angelächelt und zu einem Konzert eingeladen hast."
„Die Situation war komisch, ich hatte ein kleines Schwipserl am helllichten Tag, was habt ihr mir damals nur gegeben?"
Barbara schüttelte es vor Lachen. „Zu viel! Einfach zu viel!"
Lena umarmte ihre Freundin kräftig und küsste sie stürmisch links und rechts auf die Wange.
„Deine Umarmungen sind wie ein bisschen zu Hause sein. Ha, ha, der Kellner meint jetzt, wir sind ein Liebespaar. Schau, wie er blickt!"
„Gut, dann hört er endlich mit seiner blöden Anmache auf. Aber eins muss ich schon klarstellen, als Freundin liebe ich dich sehr und möchte dich niemals missen, aber als Partnerin, nein danke."

149

Barbara entsetzt: „Das ist aber grob, das schlägt dem Weinfass den Boden durch. Ein starkes Stück. Bin ich denn wirklich so widerlich?"
„Doch nicht widerlich, ich könnte nur nicht atmen neben dir."
„Nur so weiter, nur so weiter…"
Lena unterbrach Barbara: „Horch zu. Meine Liebe zu dir ist die Liebe einer Freundschaft, die ist frei und hat Flügel. Wunderbar. Und diese Liebe ist zart wie eine wilde Rose. Und die Liebe zu einem Partner oder einer Partnerin ist, wenn du ja dazu sagst, nicht frei, sie beengt manchmal und ist ziemlich verantwortungsvoll. Das Teilen und das Füreinanderdasein in allen Lebenslagen kann schön, kann aber auch problematisch werden. Und wenn jemand so superaktiv ist wie du, das wäre für mich zu anstrengend."
Barbara lachte bitter. „Also weißt du. Geradezu lebensbedrohend hört sich das an, wenn ich höre, dass du neben mir nicht mehr atmen könntest."
„Krieg dich wieder ein, Babsi, oder willst du vielleicht jetzt noch hunderttausend Komplimente hören?" Lena seufzte tief. „Aber die Liebe ist einfach das Schönste auf der Welt. Oder? Sie geht über alle Grenzen!"
„Wie geht das Lied? Mild sang die Nachtigall ihr Liedchen in die Nacht, ja, ja, die Liebe ist eine Himmelsmacht…"
„Hör bitte auf, das hat mein Ex immer gesungen!"
„Oh."
„Geschenkt."
Lena stand auf. „Ich muss mal. Entschuldige mich."
Als sie nach ein paar Minuten erfrischt zurückkam, sagte sie sehr ernst: „Mein Spiegelbild sagte mir, dass ich ins Bett gehöre!"
Barbara streng. „Jetzt werde nicht ungemütlich."

Barbara wirkte für einen kurzen Moment auch sehr ernst. „Irgendwie hast du schon recht. Ich bin und war – so denke ich – für alle meine Partner zu aktiv und zu dominierend. Und was du mit der Verantwortung gesagt hast und mit dem Teilen, das kann ich wahrscheinlich gar nicht. Vielleicht gehe ich deshalb keine Partnerschaft ein, weil ich keine Verantwortung übernehmen will oder kann. Oder was denkst du?"
„Du kannst sehr gut Verantwortung übernehmen, wie liebevoll und gewissenhaft du deine Hunde begleitest, ist sehr beispielhaft. Das muss dir erst einmal jemand nachmachen."
„Traurig ist nur, dass die Schöpfung den Hunden ein zu kurzes Leben gewährt, es müsste an unseres angepasst sein."
Lena sehr leise, aber nun auch ernst und laut: „Entschuldige, ursprünglich war der Hund ein Wolf und ein freies Tier in der großen, weiten Natur. Die Menschen haben diese Tiere domestiziert und die Schöpfung hatte keinen Haushund geplant!"
„Hilfe! Erschießt du mich jetzt? Ganz schön angriffslustig heute, so kenne ich dich gar nicht!"
„Babsi, entschuldige." Lena sehr nachdenklich und ernst: „Aber zurück zu deiner Scheu, eine feste Partnerschaft einzugehen, ich glaube, es liegt an deiner Kindheit, an den tragischen Erlebnissen, die du hattest. Und dann das Aufwachsen ohne wirkliche Geborgenheit und Liebe war für dich nicht einfach. Ich hatte immer meine Mama, aber du nur ein wenig Onkel und Tante."
Barbara sehr ernst: „Ein wenig hatte ich auch deine liebe Mama und vor allem dich!"
Lena erhob das Glas. „Babsi, allerliebste Babsi, auf dich und es ist so schön, mit dir befreundet zu sein."
„Da, schau mich an", Barbara deutete auf ihre wun-

derschönen grünen Augen, „du bringst mich vor Rührung glatt zum Weinen!"
Lena lächelte und sah auf die Uhr, sie deutete Richtung Tür und sah Barbara fragend an.
Barbara lachte. „Ja, gleich, aber kurz noch. Kannst du dich daran erinnern, als wir Kinder waren und unsere Freundschaft mit einer Blutsbrüderschaft besiegelten?"
Lena zeigte sich entsetzt. „Du liebes bisschen, natürlich erinnere ich mich. Ich habe dich mit einer Nähnadel meiner Mutter in die Hand gestochen, dein Blut spritzte in alle Richtungen durch mein Zimmer. Und ich leckte und leckte deine Wunde ab, bis sie endlich zu bluten aufhörte."
Die Frauen lachten sehr.
„Deine liebe Mutter fragte dich dann, ob du Zahnfleischbluten hast, und hat deinen Mund untersucht."
„Ich spüre heute noch den Geschmack deines süßen Blutes."
Barbara ausgelassen: „Und weißt du noch, wie wir in den Nachkriegsjahren die Kaugummis, die die Amerikaner auf die Straße spuckten, mit den Fingernägeln abspachtelten und nochmals kauten?"
„Pfui Teufel, wie eklig! Wäääh!"
Lena und Barbara lachten herzlich, dann gingen die beiden Freundinnen Arm in Arm in die Nacht hinaus.

Schmerzvoller Abschied

Die Grenzen der Seele

David stolperte beim Aussteigen aus dem Flugzeug auf der schmalen Treppe, wollte sich am Geländer festhalten doch ein anderer Passagier half ihm und fragte: „Ist Ihnen nicht gut?"
„Doch, doch, danke schön für Ihre Hilfe. Alles in Ordnung."
Nichts war in Ordnung! David hörte andauernd die Detonationen von den Angriffen in Kabul und er spürte in seinem Körper ganz deutlich noch die Druckwelle dieses immensen Feuerballes, der ihn an eine Wand schleuderte.
Schwankend ging er zur Gepäckausgabe und dort blieb er stehen, bis er keinen Menschen mehr sah. Sein Koffer machte immer und immer wieder die Runde, solange, bis das Band ausgeschaltet wurde. Und dann sah er abermals das grausame Bild: nämlich wie vor seinen Augen ein Kollege in die Luft geschleudert und sein Körper regelrecht in einzelne Teile zerrissen wurde. Und dann, dann verteilten sich die Körperteile des Kollegen in alle Richtungen und im Chaos von Staub und Trümmern landeten sie.
David setzte sich zu seinem Koffer und heulte wie ein kleiner Junge, er wollte diese Bilder auslöschen, doch sie kamen immer wieder. Und durchzuckten seinen ganzen Körper.
Es dauerte viele Sekunden, bis sich David bewegen konnte und er wollte die Körperteile seines Freundes einsammeln, doch zwei Männer schnappten ihn und zwangen ihn zur Flucht. Und David rannte und rannte, er rannte gemeinsam mit anderen Menschen um sein Leben, plötzlich trug er ein

Kind in seinen Armen, dann endlich erreichten sie ein ruhigeres Viertel. Alles geschah in wenigen Minuten, aber jetzt wirkte es wie Stunden, immer wieder lief in Zeitlupe dieses entsetzliche Erlebnis ab. Und dabei bebte jede Phase seines Körpers.
Zittrig saß er da und wollte seinen Koffer nehmen, doch er schaffte es nicht. Eine Reinigungsfrau ging auf ihn zu und half ihm. Sie trug seinen Koffer und führte ihn zum Zoll. Dort wurde ein Arzt verständigt und mit durchdringenden Signaltönen wurde er in Rom in ein Krankenhaus eingeliefert.
Nach einer Erstversorgung erklärte David, dass es ihm schon wieder gut gehe, dass er aus Kabul komme und dort wahrlich nicht das Paradies vorgefunden habe.
Mit einem Taxi ließ er sich ins Hotel bringen und wollte eigentlich noch Lena anrufen, aber es war schon weit nach Mitternacht.
Den Flug nach Zürich buchte er am anderen Tag nach Wien um und seine Zeitung verständigte er, dass er krank sei.
Nach ein paar Tagen in Wien kam er wieder annähernd in seiner Mitte an. Wenn Lena ihn fragte, wie es in Afghanistan war, dann winkte er ab und wechselte sofort das Thema. Lena spürte aber, dass etwas nicht in Ordnung war, aber was? Also wechselte auch sie das Thema. „Mama schickte mir einen alten Zeitungsausschnitt. Schau her! Und bitte, David, kannst du mir das erklären? Die Schweizer Regierung beschloss die Schaffung eines Fonds für die Opfer des Nationalsozialismus. Warum bitte? Warum jetzt nach so langer Zeit?"
„Diese Geschichte war wirklich ziemlich peinlich. Tja. Doch diverse Zuwendungen aus Industrie, Banken und Nationalbank sollten den überlebenden lettischen Juden einen sicheren und sorgenfrei-

en Lebensabend garantieren. Für manche reicht aber diese gut gemeinte Zuwendung nur für ein paar Monatsmieten. Ich rede mit deiner Mama, aber bitte können wir jetzt über das Heute sprechen?"
„Entschuldige, Liebling, aber irgendwie stehe ich total im Porzellanladen. Du, das Abendlicht ist so schön, gehen wir ein wenig in den Augarten?"
„In die Kälte hinaus?" David ging auf Lena zu, streichelte sie sanft und meinte zärtlich: „Vor dem warmen Ofen in deinen Armen liegen und ein wenig Musik hören, das würde mir besser gefallen. Habe ich diesen Wunsch frei?" Zärtlich schmiegte sich Lena an seine Brust und flüsterte: „Du hast unzählige Wünsche frei..."

Auf dem Flug nach Zürich las David im *Spiegel*, dass sie einen Nahostkorrespondenten mit Sitz in Tel Aviv suchen.
Meine Sehnsuchtsstadt, dachte David, er notierte sofort alle Daten und nahm sich vor, sehr bald eine Bewerbung zu schreiben oder besser gleich anzurufen, aber vorher wollte er mit seiner Lena sprechen. Tel Aviv oder Zürich ist auch schon egal.
Lena war überhaupt nicht begeistert von diesem Plan, sie sagte aber, dass er das selbst entscheiden müsse.
Es gab gar keine Entscheidung, denn die ausgeschriebene Stelle war schon besetzt, als David sich endlich nach vielen Zögerungen bewerben wollte. Doch er wurde gebeten bei Gelegenheit einmal die Redaktion in Hamburg zu besuchen. Der nächste Weg, dachte er sich, und eigentlich möchte ich ganz etwas anderes machen. Aber was?
Er dachte: Ich verachte diesen Beruf! Seit ich lebe und denken kann, gibt es Kriege und Menschen

sind irgendwo und irgendwie auf der Welt immer wieder auf der Flucht, weil sie Sicherheit und ein neues Zuhause suchen. So wie er vor vielen Jahren mit seiner Mutter.
Warum nur musste ich unbedingt Politologie und Italienisch studieren und warum ging ich dann ausgerechnet zu einer Zeitung? Wahrscheinlich aus reinem Ego und vielleicht wollte ich mir als großer Außenseiter ein gewisses Ansehen erarbeiten. Ansehen und Respekt! Was weiß ich?

David wurde von seiner Redaktion Ende Februar 1999 nach den Begräbnisfeierlichkeiten von König Hussein in das Haschimistische Königreich Jordanien geschickt, um den Sohn Adullah zu interviewen, der damals das Erbe seines Vaters antrat.
David bekam nicht gleich einen Termin, so wollte er ein paar Tage mit Lena, seiner Mutter und Martina in der Toskana verbringen, um dann direkt von Rom oder Mailand wegzufliegen. „Lena, Liebes, hast du Zeit für ein paar Tage Capriglia?"
„Oh ja, mein Schatz!"
Lena hatte Zeit, denn sie wusste jetzt aus den Zeitungen, was in etwa in Kabul alles passiert war. Und sie wusste auch, dass nur ein Teil der Erlebnisse öffentlich gemacht wurde. So wollte sie unbedingt mit David darüber reden, denn was den Beruf betraf, wurde er immer einsilbiger und zugeknöpfter. Und sie sah ihm an, dass er sehr litt.
David ließ aber in Italien kein Gespräch aufkommen, Fragen beantwortete er mit Gegenfragen und er baute eine Mauer um sich herum auf.
Lena amüsierte sich köstlich mit ihrer Mutter und mit Elisabeth, die zwei bereiteten eine Reise ans Rote Meer vor und waren ziemlich aufgeregt. „Stell dir, vor Lena, Schatz, wir haben auch einen Ausflug

nach Luxor und Abu Simbel geplant, wir können ja nicht immer in der Sonne liegen. Und in Luxor wollen wir in einem Nobelhotel meinen 77. Geburtstag feiern. Ich freue mich schon riesig darauf."
„Schade, dass ich nicht dabei sein kann."
„Komm doch mit!"
„Mama, ich muss ein wenig ausspannen und möchte mit David ein paar Tage hier verbringen, bevor er nach Jordanien fliegt. Das verstehst du?"
„Natürlich."
„Und wenn ihr zurück seid von eurer großen Abenteuerreise, dann feiern wir in Italien. Martin und Barbara wollen auch kommen."
„Darauf freue ich mich riesig."
„Ich habe eine Sonnencreme für Kleinkinder gekauft", kicherte Elisabeth.
„Hast du einen Fiebermesser dabei? Du weißt, in Ägypten erwischt man leicht das schleichende Fieber."
„Nie davon gehört. Ich denke wohl eher, du hast ein ordentliches Reisefieber. Vergiss den Sonnenhut nicht, denn im Tal der Könige brütet auch im Winter die Hitze auf uns herab."
So weit kam es aber nicht.

Lena machte einen Abendspaziergang und genoss die wunderbare Aussicht über die Versilia. Ein kühler Wind kam aus den Apuanischen Alpen, aber das Meer lag friedlich vor ihr. Heute sah man nicht nur die Inseln Gorgona, Capraia und Elba, man konnte auch die verschneiten Berge von Korsika erkennen. Und im Norden sah man den Anfang der Cinque Terre. Lena hörte David rufen und sah ihn nun schnell laufend auf sie zukommen.
„Was ist denn passiert?", fragte Lena besorgt und neugierig zugleich. Sie dachte an eine Katastrophe

die Zeitung betreffend. David umarmte sie, weinte, fing zu schluchzen an, aber brachte kein Wort heraus.
„Um Himmels willen, was ist denn los, Liebster?"
„Unsere, unsere, unsere Mütter sind, sind mit dem Flugzeug abgestürzt. Keine Überlebenden! Das, das Flugzeug stürzte knapp vor dem Landeanflug im Bereich von Alexandria im Mittelmeer ab."

David und Lenas Sohn organisierten im naheliegenden Städtchen Camaiore in der romanischen Kirche La Badia ein schönes Abschiedskonzert. Vorgeschlagen wurde ihnen das Requiem von Wolfgang Amadeus Mozart, doch das war ihnen doch zu aufwendig, so entschlossen sie sich für das B-Dur-Konzert, das Mozart in seinem Todesjahr komponiert hatte. Die Leiterin der Musikschule fragte vorsichtig an, ob nicht Lena selbst spielen wolle. Doch Lena lehnte ab. „Ich schaffe das nicht, ich kann das nicht! Seht euch meine Hände an, wie sie zittern."
Das Konzert war wunderbar, eine junge Pianistin spielte gekonnt und mit einem sichtbaren seelischen Einsatz.
Am Schluss wollte Lena aufstehen und sich bei der jungen Pianisten bedanken, da kam aus der Sakristei ein ganzer Chor mit Solisten und einem Orgelspieler, die alle mit einem großen Applaus empfangen wurden und für die Trauernden ein modernes Chorwerk von Andrea Rossi aufführten. Dieses besonders gefühlvolle Konzert begeisterte alle Anwesenden, die zum Großteil aus der Musikszene stammten. Nach einem gebührenden Applaus ging Lena mit David, Barbara und Martin zur Dirigentin, um sich zu bedanken.
David sprach in einem schönen Italienisch Worte

der Dankbarkeit und er lobte die Aufführungen sehr. Lena wollte etwas sagen, aber sie konnte nicht, sie brachte kein Wort über ihre zuckenden Lippen. Da nahm sie die Dirigentin herzlich in die Arme und drückte sie fest.

Erst nach Wochen begann der etwas normale Alltag wieder. „Liebster, hast du noch immer Urlaub?" David schüttelte den Kopf. „Ich habe gekündigt!"
„Gekündigt? Ja, aber warum denn?"
„Die Redaktion war der Meinung, wenn es soundso keine offizielle Trauerfeierlichkeit geben kann, weil man die Leichenreste nicht fand, soll ich doch bitte schön nach Jordanien fahren…"
Lena sprang auf und lief auf die Toilette, sie musste sich übergeben.
David reichte ihr ein Glas Wasser und ging dann mit ihr spazieren. „Entschuldige meine realistische Schilderung, ich stehe etwas neben mir."
Nach einiger Zeit fragte Lena sanft: „Was willst du jetzt tun?"
„Ich weiß es nicht." Und ziemlich verärgert betonte er nochmals: „Ich weiß es wirklich nicht!"
„Entschuldige. Ich genieße es ja ungemein, dass du immer bei mir bist. Du weißt ich habe auch alles abgesagt." Lena blickte auf ihre zittrigen Hände und meinte. „Ich bin mir auch nicht sicher, ob ich jemals wieder spielen kann?"
David lächelte sie an. „Doch, mein Liebes, das wirst du, aber lass dir Zeit!"
„Ich möchte nach Alexandria fliegen und mit einem Schiff die Stelle suchen, wo es passiert ist. Ich muss das tun. Mein Inneres verlangt es." Weinend klammerte sich Lena an David fest und David umarmte sie kräftig und liebevoll. „Das halte ich für gar keine gute Idee, denn mit einem Privatboot wirst du gar

keine Genehmigung bekommen. Aber ich verstehe dich sehr gut, auch ich habe manchmal das Bedürfnis."
Weinend betonte Lena nachdrücklich: „Unsere Mütter hätten hier noch viele Jahre fröhlich leben können."
„Hätten! Wer weiß, was ihnen erspart geblieben ist."
„Ein schwacher Trost. Mir fehlt meine Mama so sehr, ich kann es gar nicht beschreiben wie sehr."
„Dabei müssten wir beide dankbar sein, dass sie uns so lange begleitet haben."
Lena ganz leise: „David, hör zu, dankbar kann ich dem Schicksal im Moment noch nicht sein. Jetzt noch nicht."
„Wir sollten in den nächsten Tagen einmal nach Zürich fahren. Zu meinem Notar."
„Wir? Warum wir?"
„Du bist im Testament erwähnt."
„Mach keinen Scherz. Das sind ernste Dinge."
„Es ist aber so."

Barbara und Martin standen mit einem italienischen Leihauto in der Garteneinfahrt und riefen laut: „Ist da jemand?"
Lena lief den beiden entgegen, sie kamen gerade aus Florenz, dort hatten sie gemeinsam eine internationale Tagung über den Tierschutz in der Landwirtschaft besucht.
David und Martin kochten groß auf, was Lena und Barbara sehr schätzten.
Lena fragte Martin: „War die Tagung auch für dich interessant?" Martin konnte gar nicht antworten, denn Barbara sagte gleich ganz engagiert: „Na, was heißt interessant? Sogar enorm interessant. Dieses Thema ist nicht nur für Mediziner und Naturheiler wichtig, alle Menschen müssten darüber Bescheid

wissen, wie total ungesund und gefährlich die Ernährung aus der Massentierhaltung ist. Und alle sollten sehen, wie die jungen Küken geschreddert werden und zerdrückte tote Ferkel in der Kadavertonne landen."
Martin: „Zusätzlich gibt es viele Hygieneskandale, die für uns Menschen oft eine sehr lebensbedrohende Auswirkung darstellen. Und: Von den wenigsten Skandalen erfahren wir. Aber wir kennen den Rinderwahn, die Vogelgrippe und die Schweinepest. Die WHO forderte schon öfters den Ausstieg aus der Massentierhaltung, denn die Tiere bekommen regelmäßig über ihr normales Futter Antibiotika verabreicht, was wiederum die Ausbreitung resistenter Krankheitserreger wie beispielsweise Tuberkulose fördere. Dadurch werde es noch schwieriger, Infektionskrankheiten bei Mensch und Tier in den Griff zu bekommen."
Barbara: „Diese Tierhaltung ist nicht nur im höchsten Maße hundsgemein und tierquälerisch, sondern auch für die rapide Klimaerwärmung unseres Globus verantwortlich. Aber bitte vor allem eine unglaubliche Kulturschande."
David ganz ruhig: „Ich habe gelesen, dass fast ein Drittel der Anbauflächen unserer Erde für die Gewinnung von Futtergetreide dieser Masttiere genutzt wird."
Barbara: „Richtig! Und wenn wir nicht alle sofort umdenken, dann gibt es in 30 Jahren kein Trinkwasser mehr. Und nicht nur all die Futtergetreidefelder, die man vielfach durch das Abholzen der Regenwälder schuf, werden zu Steppen vertrocknen, sondern unsere gesamte Erde!"
David: „Über 50 Prozent der umweltbelasteten Gase, die in unsere Atmosphäre gehen, werden

durch diese schreckliche Massentierhaltung verursacht!"
David ging in die Küche zurück und Martin erklärte: „Nicht nur, dass manche Länder durch unsere Prasserei und zusätzlich zu den laufend steigenden Getreidepreisen immer mehr an Hunger leiden müssen, stell dir vor, jetzt bekommen einige Entwicklungsländer die Massentierhaltung in ihr Land geknallt. Das ist doch unfassbar."
Barbara: „Ja, lieber Martin, du hast recht, das ist ein Verbrechen. Früher wurden diese Länder durch die Kolonien ausgebeutet und jetzt ruiniert man sie total."
David, der mit einer großen Salatschüssel aus der Küche kam: „Zu Tisch bitte!"
Barbara: „Wir Europäer hätten vor allem bei den Afrikanern viel gutzumachen."
David: „In erster Linie aber die Engländer und die Franzosen."
Lena sehr wütend, was sogar nicht ihre Art war: „Schluss jetzt! Aus. Bitte beim Essen keine geschredderten Küken und keine Politik."
Barbara: „Entschuldige, allerliebste Lena, bin schon still."
Lena machte einen tiefen Seufzer, nahm David die Salatschüssel ab und stellte sie auf den Tisch. „Bevor wir anfangen, denken wir bitte an Elisabeth und meine Mama." Alle standen auf, bildeten einen Kreis, nahmen sich an der Hand und waren mindestens eine Minute ganz still. Martin löste sich aus dem Kreis, ging schweigsam auf die Terrasse mit der schönen Aussicht und weinte. Lena ging ihm nach, umarmte ihn und weinte mit ihm.
„Omi fehlt mir so. Verdammt. Warum nur musste das geschehen? Warum nur?"
Barbara und David gingen zu den Trauernden.

Nach dem Mittagessen, das sehr kurz war, weil keiner so richtig Hunger hatte, gingen Lena und David spazieren, Barbara und Martin übernahmen das Saubermachen der Küche.
Lena: „Ich kann mich noch gut erinnern, wie oft wir nach dem Krieg nicht gerade hungerten, aber unbedingt Appetit nach mehr hatten. Wie ging es euch in Italien?"
„Im Kloster von Assisi ging es uns ganz gut. Außerdem half meine Mutter in der Küche mit. Ich musste manchmal Kartoffeln schälen und so. Aber es gab fast jeden Abend Polenta. Polenta! Polenta!"
Lena lachte herzlich.
„Und aus der Umgebung kamen immer wieder Menschen mit Körben voll Gemüse und Obst. Und einmal in der Woche wurde in der Bäckerei Brot gebacken und ich bekam dann immer ein Stück ganz frische Focaccia, du weißt, das flache, knusprige italienische Brot mit Olivenöl und Rosmarin. Heute noch schmeckt es mir besser als jedes Stück Kuchen."
„Wenn zu wenig Mehl da war, dann wurde bei uns der Brotteig mit Sägemehl vermischt. Und es gab Kraut, Kraut und nochmals Kraut, sauer und süß. Rote Rüben, weiße Rüben und Kartoffeln."
David lächelte. „Rüben, Bohnen und Kohl gab es auch bei uns, aber aus dem wenigen, was sie hatten, zauberten sie immer köstliche Speisen. Der Grund war wahrscheinlich auch, dass es immer genug Kräuter in der nahen Umgebung gab, die die Speisen verfeinerten und die kreative italienische Küche hat die nordische allemal überflügelt."

Lena und David waren unterwegs nach Zürich und Lena grübelte nach, warum sie wohl beim Testament anwesend sein sollte. Vielleicht hat ihr

Elisabeth ein Schmuckstück vererbt oder eine wunderbare alte Tasse von ihrer sehr auserlesenen Sammlung? Darüber würde sie sich riesig freuen. Nun, wie es auch ist, gemeinsam mit David zu sein, auf einer Fahrt nach Zürich, ist schon ein schönes Erlebnis. Also, abwarten und überraschen lassen.
Beim Notar wurden sie sofort empfangen und er sagte zu David: „Sie wissen, es ist alles eine normale Abwicklung, ich will nur die nachträgliche Eintragung vorlesen, die ja jetzt Sie betrifft, liebe gnädige Frau." Er bot Lena und David einen Sessel an, dann nahm er selbst Platz und sagte mit getragener Stimme:
„Die Mutter von David hat die Hälfte ihres Hauses Ihrer Mutter vererbt. Ich lese Ihnen nun die Begründung vor: Martina, meine beste Freundin und Lebensretterin in allergrößter Not, bekommt die Zweitwohnung meines Hauses. Ein kleines Dankeschön für eine Tat, die heute kaum noch nachvollziehbar und auf dieser schrecklichen Welt einmalig ist. Sollte Martina das Erbe nicht antreten können, dann fällt es ihren Erben zu." Der Notar lächelte Lena an. „Also liebe gnädige Frau, Sie sind nun die Erbin. Gratuliere Ihnen!"
Lena hatte schon wieder Tränen in ihren Augen und sagte: „Das ist wunderbar, aber das kann ich nicht annehmen."
David lächelte sie an und sagte: „Nein, Irrtum. Es war ein ausdrücklicher und sehr gerechtfertigter Wunsch meiner lieben Mutter."
Der Notar lächelte auch, erhob sich, verabschiedete sich mit Handschlag und verließ mit folgendem Satz den Raum: „Ich wünsche euch einen schönen Tag, meine Sekretärin wird alles andere erledigen."
Mit einem festen Handschlag verabschiedete er sich von David und mit einem angedeuteten Handkuss

von Lena. Seine Sekretärin servierte einen starken schwarzen Kaffee und dazu kleines Stückchen Schokolade.
Auf dem Heimweg führten die Gespräche immer wieder zurück zu dem Unglück und sie waren sich darüber einig, dass ihre Mütter viel zu früh dieses kleine Paradies in Italien und diese Welt verlassen mussten.

Lena ging auf der Terrasse auf und ab, summte ein Lied und genoss diese herrliche Aussicht.
David sah Lena zärtlich an. „Das ist jetzt wie fast verheiratet!"
Lena lächelte glücklich. „Ich bin zwar oft sehr traurig, weil mir meine Mama so wahnsinnig fehlt, aber plötzlich habe ich ein Zuhause bekommen. Du und das Haus, das Haus und du: Ich freue mich riesig darüber! Es ist einfach wunderbar!"
„Wir haben gemeinsam ein Zuhause bekommen. Hier neben dir werde ich mich glücklich und geborgen fühlen, genauso wie damals im Kohlenkeller."

„Lena, ich muss nach Mailand. Willst du mit?"
„Eher nicht, Schatz, es ist so schön hier. Oder doch, ich möchte mir ein Klavier anschauen."
David so richtig frei und ausgelassen: „Ich eröffne meine eigene Presseagentur und du spielst wieder! Und wann heiraten wir?"
„Schritt für Schritt! Vielleicht im nächsten Mai?"
Keine Hochzeit, sondern hektische Jahre folgten, vor allem für David. Seine Presseagentur in Mailand musste er schließen, um finanziell noch einigermaßen gut davonzukommen. David dachte kurz daran, wenn Lena einverstanden wäre, dann könnte er ja das Haus in Capriglia belehnen, aber er wagte es nicht, darüber zu sprechen. Und er war auch nicht

überzeugt davon, dass das gut sei. So verkaufte er mit viel Verlust seine Züricher Wohnung und ging auf Arbeitssuche.

Lena hatte eine Konzerttour in Deutschland und das Abschlusskonzert sollte in München sein, so rief sie ihre Freundin Barbara an und lud sie zum Konzert ein.
„Ich brauche aber zwei Karten!"
„Oh, oh, wieder einmal verliebt, mein großes Mädchen?"
„Überraschung!"
„Gut, bin mit allem einverstanden, wenn ich dich nur sehen kann." Lena dachte sich, das ist seltsam, dass die emanzipierte Frau gleich ihren neuen Liebhaber ins Konzert mitnimmt, aber vielleicht ist es sehr ernst. Vielleicht will sie sogar heiraten? Heiraten. Sofort dachte sie an David, er fehlte ihr so und er war jetzt immer so hektisch, so ganz anders. Und die absolute Höhe war, sie wollte ihn nach der Konzertreihe in Zürich besuchen, aber der gute Mann lehnte ab. Er müsste sich für Lampedusa vorbereiten. Flüchtlinge aus Afrika sind wichtiger als ich. Starkes Stück! Obwohl, ich darf jetzt nicht ungerecht werden, David nimmt eben seinen Beruf sehr ernst. Und David hatte ihr ja sehr kleinlaut gestanden, dass er mit seiner Presseagentur baden gegangen sei. Aber nun als Freischaffender für *Die Zeit* arbeitet. Aber wo er doch jetzt ein Freischaffender ist, hätte er sich doch wenigstens zwei Tage Zeit nehmen können. Oder einen Tag! Warum hat sich David nur so verändert? Warum?
Im *Stern* las Lena etwas über Lampedusa, sie schnitt den Bericht aus und wollte ihn David an der Hotelrezeption faxen, aber es funktionierte nicht. Lena rief David an, er erklärte ihr, dass er eine neue

Nummer habe. Lena reagierte ziemlich erstaunt und noch erstaunter war sie, David schickte ihr gegen Mitternacht einen neueren Artikel über die großen Missstände in Lampedusa und sie entdeckte als Absender die Adresse von der Pension *Uitliberg*. Nicht nur die Neugier, auch große Sorgen um ihn veranlassten sie nun doch mitten in der Nacht ihn am Handy anzurufen. „David, Liebster! Was machst du in dieser Pension?"
„Ich wollte dir alles persönlich sagen... aber... aber..."
Lena erfuhr, was alles geschehen war. Und diesen Mann wollte sie heiraten? Nie und nimmer! Lena hasste nichts so sehr wie Unehrlichkeit. Widerlich, dachte sie.
Am anderen Abend beim Konzert entdeckte sie neben Barbara ihren Sohn Martin. Verwirrt dachte sie nach, ob sie ein wichtiges Ereignis vergessen hatte. Aber bald verflog alles und sie sah nur mehr ihr Klavier und ihren Dirigenten und verlor sich in der Musik.

Anschließend an das Konzert gingen die drei gemeinsam in eine italienische Pizzeria. Nach einem schönen Glas Rotwein sagte Barbara mit einer für sie ungewohnten weichen Stimme: „Martin wollte dich überraschen!"
„Das ist dir gelungen, mein Lieber!", Lena lachte. „Ich freue mich doch so sehr, dich zu sehen. Mein großer Schatz!" Innig streichelte sie seine Hände und Barbara sagte dann mit ihrer etwas forschen Stimme: „Wir haben noch eine Überraschung. Dein Sohn hat das Studium geschmissen und hat sich aber gleich, und zwar umgehend bei der Paracelsus-Heilpraktikerschule angemeldet. Er wurde mit offenen Armen genommen, denn so viele

Semester Medizinstudium und Praxisjahre sind eher selten..."
Lena wurde blass, sah ihren Sohn forschend an, dann schlug sie mit der Faust auf den Tisch, was so gar nicht ihre Art war, und fauchte Martin leise an: „Und das alles erzählt mir Barbara so nebenbei. Ja, wo sind wir denn? Bist du so feige oder kannst du mit mir nicht mehr reden?"
„Halt, Mama, beruhige dich, ich habe es immer hinausgeschoben und nie war der richtige Zeitpunkt. Aber außerdem wollte ich vorher unbedingt sicher sein, dass ich auf der Heilpraktikerschule einen Platz bekomme. Bitte beruhige dich."
„Ich beruhige mich nicht!" Lena stand plötzlich auf, nahm ihre Tasche und ging.
Barbara und Martin sahen sich verdutzt an. Beide liefen ihr nach und nach etlichen Szenen auf der Straße gingen sie wieder gemeinsam in das Lokal zurück.
Martin ging dann bald in seine Studenten-WG und Barbara begleitete Lena ins Hotel, es war ganz in der Nähe ihrer Pension. Als Barbara sie an der Hotelbar auf einen kleinen Absacker einladen wollte, lehnte Lena ab, aber bedankte sich bei ihrer Freundin für ihren Beistand.
Lena war sehr traurig, in der Nacht dachte sie: Was ist los? Keiner sagt mir die Wahrheit. Liegt es an mir? Ich bin doch nicht kompliziert oder engstirnig? Warum habe ich mit Barbara nicht noch ein Glas Wein getrunken und geplaudert. Sie ist meine beste Freundin! Warum habe ich mich ihr nicht anvertraut, denn das Erlebnis mit David, das sitzt tief. Sehr tief. Und dann dachte sie ganz verzweifelt an ihre Mama: Mama, allerliebste Mama, du fehlst mir so. Sie heulte los wie ein Schlosshund. Nach einer Stunde legte sie ein Handtuch über ihr nasses

Kopfkissen und versuchte sich mit einer alten Tageszeitung abzulenken.

Barbara kam zum Frühstück ins Hotel und sprach sehr freundschaftlich mit Lena: „Ich weiß, dass das alles so nicht in Ordnung war. Aber Martin wollte dich nicht verletzen und vor allem hatte er selbst große Zweifel, ob er denn nun endlich den richtigen Weg einschlagen würde. Wenn er soweit ist, dann kann er meine Praxis übernehmen, ich gehe nach Süditalien und betreue Migranten."
„Du Powerfrau! Willst du das wirklich tun? Weißt du, wieviel Elend da auf dich zukommt?"
„Gibt auch Positives. Und wenn es mir zu viel wird, dann höre ich eben wieder auf. So einfach ist das."
„Du bist bewundernswert."
Die Freundinnen plauderten einige Zeit und Lena vertraute zornig, aber ganz leise Barbara ihren Kummer an: „Verkauft seine Wohnung, übersiedelt und sagt mir kein Wort. Kein einziges Wort!"
Lena blieb noch ein paar Tage in München, um mit Martin klar zu werden und dann fiel sie in einen luftleeren Raum, sie fand kein Ziel und sie wusste überhaupt nicht, ob sie nach Wien zurückfliegen sollte.
Die traurige Frau buchte kurz entschlossen einen Flug nach Rom und von Rom nach Alexandria. Als sie am Flughafen in Alexandria ankam, sprachen sie plötzlich mehrere Taxifahrer gleichzeitig an. Ihre Wahl fiel auf einen jungen Mann, der sehr gut englisch sprach.
Lena nannte ihm das gebuchte Hotel und fragte gleichzeitig, wie sie am schnellsten zum Hafen käme. Ramses, so nannte er sich, bot sich an, ihr alles zu zeigen und betonte, er sei auch ein sehr guter Reiseführer und ganz billig. Er war hier auf-

gewachsen und studierte auch hier. Als Lena erfuhr, dass er zuerst Archäologie und Englisch studiert hatte und jetzt aber schon fast ein fertiger Mediziner sei, schmunzelte sie sehr. Das kam ihr irgendwie bekannt vor. Allerdings hatte sie plötzlich einen großen Respekt vor ihm, als er ihr mitteilte, dass er auch seine Eltern finanziell unterstütze.
Lena erklärte Ramses, dass sie übermorgen wieder zurückfliegen müsse und dass sie vor allem mit einem Boot auf das Meer hinausfahren will.
Das verstand der junge Mann nicht ganz, aber er meinte, dass er sich darum kümmern werde.
Am anderen Tag zeigte Ramses ihr das antike Alexandria, die gigantische Meeresbucht, wo einst der berühmte Leuchtturm Pharos stand, eines der sieben Weltwunder, und einen orientalischen Gewürzmarkt.
Aber Lena wurde ungeduldig und betonte, dass sie jetzt zum Fischerhafen wolle. Der junge Mann meinte, dass das Meer ziemlich unruhig sei und ein wenig riskant.
Doch Lena wollte unbedingt, so fuhr Ramses los, sprach mit einem Fischer, er war verwandt mit ihm, und los ging die Fahrt.
Im Hafen war es ziemlich ruhig, aber als sie ins offene Meer kutterten klatschte das kleine Boot mit voller Wucht gegen die Wellen und jedes Mal hatte Lena das Gefühl, jetzt kippen sie. Der Motor stank entsetzlich und dessen Lärm war kaum auszuhalten. Lena wurde übel und sie musste sich übergeben. Der Fischer verzog keine Miene und reichte ihr einen Kübel. Plötzlich machte das Boot eine Kurve und wie Lena erleichtert feststellen konnte, fuhr er wieder Richtung Hafen. Sie dachte bei dieser abenteuerlichen Fahrt nicht einmal eine Sekunde an ihre Mama und Elisabeth. Sie hatte damit zu tun,

sich selbst und den Kübel festzuhalten. Und sie büßte dabei alle Sünden dieser Welt ab. Im Hafen angelangt, konnte sie nicht alleine aus dem Boot aussteigen, ihr war schwindlig und noch immer kotzübel.
Der Fischer verlangte enorm viel Geld für dieses Abenteuer. Lena bezahlte schweigend, Ramses lud sie anschließend auf einen Schnaps ein und dann erzählte sie ihm alles. Sie wollte einmal das Meer spüren, dort, wo ihre allerliebste Mama und Elisabeth verunglückt sind. Sie wollte das Wasser spüren, sie wollte ihnen nahe sein.
Ramses erzählte ihr, dass das Unglück ganz, ganz weit draußen im Meer passiert war. So weit weg, dass kein Fischerboot dort hinfahren könnte. Er erzählte ihr auch, dass ein Freund von ihm in dieser Unglücksmaschine gewesen sei. Und er betonte, wie gut er sie verstehen könne. Er sei über den Verlust des Freundes auch sehr traurig. Aber eine Mutter zu verlieren, das ist noch wesentlich trauriger.
Lena ging zum Bootssteg, setzte sich, zog ihre Strümpfe und Schuhe aus und spielte mit den Füßen im Wasser. Dann sagte sie laut: „Mama! Schau herunter auf mich, ich wollte in deiner Nähe sein, ich wollte dich spüren. Aber ich bin ein großer Dummkopf. Allerliebste Mama! Du fehlst mir so sehr!"
Am anderen Tag brachte Ramses die erschöpfte Frau zum Flughafen. Als sie ihn bezahlte meinte dieser, dass sie so schöne Hände habe. Was sie denn beruflich mache. „Klavier spielen", war ihre leise Antwort.
Lena nahm sich einen Fensterplatz und wollte das Meer von oben sehen, aber es war bewölkt. Sie dachte, wie wohl die letzten Gefühle der beiden

Frauen gewesen waren. Ob sie große Angst gehabt hatten? Ob sie in Panik geraten waren? Ob sie sofort bewusstlos gewesen waren? Und dann dachte sie, was wäre, wenn dieses Flugzeug jetzt plötzlich abstürzen würde. Kein Mensch wüsste, wo sie war.

Start in ein neues Leben

Zurück zu Joseph Mohr

Eines Tages tauchte Barbara plötzlich bei Lena in Wien auf, Lena war darüber sehr erstaunt, aber freute sich auch riesig.
„Lena, Schatz, ich muss heute mit dir zu einem guten und lustigen Heurigen gehen. Bitte! Ich möchte einfach mit dir so richtig abhängen."
„Entschuldige, aber was verstehst du unter einem lustigen Heurigen?"
„Wo auch Musik gespielt und gesungen wird."
„Babsi, bitte. Nicht wirklich!"
„Ich würde mich so sehr freuen."
Aber natürlich wollte Lena ihrer Freundin diesen Wunsch erfüllen und telefonierte sofort mit ein paar Bekannten, die ihr dann eine dementsprechend gute Adresse gaben.

„Der Wein trinkt sich wie gespritzter Apfelsaft."
„Kindskopf!"
„Letzte Woche habe ich Martin besucht, er arbeitet wunderbar und ich überlege mir, ob ich ihn nicht schon bald in meine Praxis einführe."
Lena lächelte. „Dieses Thema ist für mich abgehakt, seine Studien warf er hin und jetzt macht ihr beide doch, was ihr nicht lassen könnt. Okay?" Und ganz leise fügte sie noch hinzu: „Und lasst mir meinen Frieden."
„Gut! Sehr gut. Das wollte ich hören. Dann hab ich da noch ein spezielles Thema für dich. Ich las einen sehr interessanten Artikel in der *Zeit* über die Flüchtlinge in Lampedusa, Sizilien und Kalabrien."
Sehr engagiert: „Wusstest du, dass allein vor Lampedusa in den letzten Jahren knapp 10.000

Menschen ums Leben kamen, die den sicheren Boden Europa erreichen wollten? Dass dort bereits 2003 über 8.000 Flüchtlinge registriert wurden. Und David schrieb auch, wie alleingelassen sich Italien fühlt, weil Europa so tut, als wäre das nur eine Angelegenheit der Italiener!"
„Halt, halt, ich will heute nicht über David diskutieren! Gut so?"
„Ja, natürlich, aber hier noch ein interessanter Artikel über Riace in Kalabrien, vom Frühjahr 2011, wo ein süditalienischer Bürgermeister ein mehr oder weniger verlassenes Dorf mit Hilfe von Einheimischen und Flüchtlingen wieder aufbaute."
Lena steckte den Artikel wütend in ihre Tasche.
„Jetzt erzähl von dir, wie geht es dir denn mit deinem Verehrer Rupert?"
Barbara grinste, schob ihre Schultern bis zu ihren Ohren. „Verehrer? Er ist ein guter Freund. Aus."
„Also nichts Ernstes?"
„Ich bitte dich, bin froh, wenn ich mein Leben ohne Mann schaffe, geschweige mit einem fixen Partner!"
Lena ziemlich traurig und ernst. „Mit David hätte ich es mir vorstellen können."
„Entschuldige, du und David, ihr seid einfach ein Traumpaar. Und David ist fesch und knusprig. Mein Rupert ist alt, wohl sehr charmant, obwohl er ein Bayer ist, aber wenn ich daran denke, dass ich den küssen müsste, mit seinen falschen Zähnen. Na, geh bitte. Da trink ich lieber ein Glaserl Wein mehr, das schmeckt mir sicher besser. Nochmal! Rupert ist ein guter Freund. Mehr nicht. Fürs Bett, da suche ich mir schon einen jüngeren, was die meisten Männer können, das kann ich schon lange!"
Lena bog sich bereits vor Lachen und die Musikanten kamen zum Tisch und fragten die

Damen, ob sie einen speziellen Musikwunsch hätten.
Barbara sehr lustig: „Ja! Das mit den Engerln in Wean."
Die Musikanten schmunzelten und spielten sehr gefühlvoll das Heurigenlied: Heit kumman d'Engerl auf Urlaub nach Wean...
Die zwei Freundinnen plauderten über Gott und die Welt bis weit nach Mitternacht.
Als dann Barbara zu Hause im Gästezimmer verschwand, las Lena den Bericht über Riace.
Lena las und las und war ganz angetan über das wunderbare Zusammenleben von Italienern und Migranten, die aus dem Libanon, Palästina, Äthiopien, Sudan, Somalia, Afghanistan, Irak, Eritrea, Kurdistan und Ghana stammten. Die ersten Flüchtlinge strandeten in einem überfüllten Boot bereits im Juli 1998. Diese Menschen in Not wollten eigentlich nach Griechenland, sind aber abgetrieben worden.
Lena gefiel auch die Betrachtung, dass der Bürgermeister und die Bewohner der Dörfer in dieser Region, im Süden von Kalabrien, wissen, was Auswanderung heißt, denn sie wurden durch die eigenen Schicksale selbst geprägt.
Ziemlich deftig ging David auf die Europäische Grenzschutzagentur los, die nicht selten diese schutzsuchenden Menschen in den überfüllten Booten abdrängte.
Und Lampedusa, die italienische Insel, wo die ersten und insgesamt unzähligen Flüchtlinge ankamen, schlug er für den Friedensnobelpreis vor.
Immer wieder verlor Lena beim Lesen den Faden, denn sie dachte voller Sehnsucht an ihren David.
Plötzlich war alle aufgestaute Wut verschwunden.
Wie kommt das?

Vielleicht bin ich zu empfindlich, vielleicht sollte ich anhand dieser Schicksale großzügiger denken.
Aber vielleicht sollte ich gar keine Partnerschaft eingehen. Mit János hat es ja auch nicht geklappt. Bin ich überhaupt ein Familienmensch? Vielleicht bin ich nur ein verwöhntes Mutterkind? Eine egoistische Musikerin?
Leise murmelte sie: „Mama, ach, Mama, ich bräucht dich zum Reden. Hilf mir!"
Plötzlich schaltete Lena ihr Handy ein und schrieb an David eine SMS.
Lieber David, du fehlst mir! Ich umarme dich!
Lena löschte es gleich wieder. Was soll denn das? David würde nie verstehen, dass sie jetzt nach der langen Zeit einfach Sehnsucht nach ihm hat. Aber ich muss etwas schreiben, ich muss, ich muss! Mama hätte ihr auch diesen Rat gegeben. Sicher sogar.
Lieber David, habe deinen Artikel über Riace und Lampedusa gelesen. Super! Barbara ist hier.
Und schon drückte sie auf die Taste und weg war die SMS. So eine frostige Nachricht, so entsetzlich lieblos. Verdammt.
Nach einer langen Pause schrieb sie abermals eine SMS. *Wie geht es dir? Denke oft an dich.*
Knopfdruck und weg war die Nachricht.
Ich bin doch eine blöde Kuh, aber es stimmt ja so sehr, es verging kein Tag, an dem Lena nicht an David dachte. Der nächtliche Weinkonsum hatte ihre Prinzipien und ihre Finger locker gemacht. Was wird er sich wohl denken? Um zwei Uhr in der Nacht! Wie peinlich ist das denn?
Mit unzähligen Gedanken, Selbstzweifeln und Ausschweifungen schlief Lena mit dem Handy in der Hand ein.
Tage später bekam sie einen Brief von David.

*Meine allerliebste Lena, du weißt gar nicht, wie sehr ich täglich auf eine kleine Nachricht und ein kleines Zeichen von dir gewartet habe. Ich muss dich unbedingt bald sehen! Was ist dir lieber, dass ich zu dir nach Wien komme oder willst du mich vielleicht in meiner winzigen Junggesellenwohnung in Zürich besuchen? Am schönsten wäre es natürlich, wenn wir ein paar Tage in unser gemeinsames Haus nach Capriglia fahren könnten. Ich kann in der Nacht nicht mehr schlafen, weil ich mich so sehr auf ein Wiedersehen mit dir freue.
Dein David*

Lena entschloss sich für Italien und das Wiedersehen mit David war enorm. Die beiden benahmen sich wie frisch verliebte Teenies. Sie gingen tanzen, schliefen bis mittags, aßen fast nichts und plauderten und plauderten.
Beim Abschied weinte Lena, David war ganz außer sich. „Mach dir keine Sorgen, ich weine vor Glück!"
Sie stieg schnell in ihr Auto und brauste davon, David fuhr hinter ihr nach. Plötzlich stoppte Lena das Fahrzeug, David musste eine Notbremsung machen, stieg aus und lief zu ihr. „Was ist passiert?"
Auch Lena stieg aus. „Nichts! Ich will dich nur fragen, ob du mich heiraten willst."
Mitten auf der Straße fingen sie zu tanzen an, bis ein Auto kam und der Fahrer stoppte, aber lustvoll diese Szene verfolgte und dann pfiff und applaudierte.

David war schon schon unterwegs in Richtung Mailand, als sein Handy klingelte. Und nur durch Zufall nahm er ab, denn er stoppte gerade bei einer Raststation und trank einen Kaffee. Seine Redaktion war dran und sein Teamleiter wollte wissen, ob er

nicht nach Orsigna fahren könne, dorthin, wo der berühmte Tiziano Terzani lebte, und ob er mit seinem Sohn, dem Filmemacher Folco Terzani, ein Gespräch führen könne, er arbeite an einer neuen, sehr interessanten Dokumentation.
„Mann! Dieter! Weißt du, wo das ist? Das Dorf liegt in der Nähe von Florenz, da muss ich wieder 300 Kilometer retour fahren. Aber schicke mir seine Telefonnummer, das Haus kenne ich, ich war schon einmal dort."
Über die spontane Zusage war Dieter sehr froh.
„Alter! Hast was gut bei mir."
„Angenommen. Bis dann."
David peilte die nächste Ausfahrt an und fuhr wieder in Richtung Süden, aber vorerst fuhr er zurück in das Haus in Capriglia und wartete dort den Termin ab.
Massimo, sein Nachbar, lud ihn am Abend auf einen frischen Ziegenkäse, eine frische Focaccia und einen Rotwein aus seinem Weingarten ein.
Massimo, ein begabter Bildhauer, der hauptsächlich mit Marmor arbeitete, erzählte David, dass er sich vor zwei Jahren aus der Kunstszene total zurückgezogen habe und nur mehr seinen Weingarten pflege und nutze.
„La vecchia vita è passata!", meinte er schelmisch und betonte: „Sono molto felice!"
Nachdenklich bewunderte David einige von ihm gefertigte Marmorfiguren und bedauerte sehr, dass er diese schöne Kunst aufgegeben hatte.
Doch Massimo winkte ab, erklärte ihm auch, dass man die Marmorberge nicht noch mehr zerstören dürfe und dass diese Zeit der Bildhauerei einfach für ihn vorbei sei.
„Aber du könntest dir doch ein anderes Material suchen", meinte David hartnäckig.

„Ich habe immer nur mit Marmor gearbeitet, liebte dieses Material, das so weich und geschmeidig zu formen war, das aber auch so leicht zerbrach, wenn du nur den geringsten Fehler machtest. Und irgendwie fühlte ich mich bei der Arbeit mit diesen schönen Marmorbergen hier eins. Ich durfte mit einem kostbaren Stück aus der Natur schleifen und formen, was meine Seele fühlte. Wunderbar! Aber jetzt, aus und vorbei. Jetzt bin ich Bioweinbauer und setze die Tradition meiner Väter fort. David, horch. Ich suche einen Mitarbeiter. Hast du keine Lust?"
David lächelte, war über das Angebot sehr gerührt und am liebsten hätte er sofort ja gesagt, doch das würde ja sein ganzes Leben verändern.
„Denk einfach darüber nach."
Von nun an verging für David kein Tag, an dem er nicht an dieses Angebot dachte, denn sein Beruf freute ihn schon lange nicht mehr. Der Termin im Haus von Tiziano Terzani war ja eine sehr willkommene und schöne Abwechslung, aber alles andere nervte ihn.
Auf dem Weg nach Orsigna dachte er an den im Jahr 2004 verstorbenen berühmten italienischen Schriftsteller und *Spiegel*-Korrespondenten Terzani nach und fand einige Parallelen mit seinem Leben. Er freute sich auf das Interview mit dem Sohn. Endlich einmal kein Krieg, kein Terror und kein Flüchtlingsdrama. Manchmal war sogar der Bericht über eine Umweltkatastrophe ein Spaziergang für ihn. So kann es einfach nicht weitergehen, denn David spürte auch das zunehmende Alter.
Bei der Fahrt sah er viele Weingärten und immer überwältigte ihn dabei ein wunderbares Gefühl. So ein Gefühl von Sehnsucht und Frieden. Dann musterte er seine Hände und dachte: Die würden

sicher einige Schrunden bekommen, aber gut so! Lena und David waren arbeitsmäßig sehr eingespannt, fanden aber immer wieder eine Zeit zum Ausspannen und Glücklichsein. Auch für gemeinsame Urlaube.
Aber David stellte abermals fest, dass ihn sein Beruf immer mehr und mehr nervte. Die vielen Reisen. Das ständige Alleinsein. War das vielleicht das Ja zum Aussteigen, um im Weingarten zu arbeiten? Um ein gemütliches Pensionistendasein zu führen? Ich muss mit dem Massimo reden! Vielleicht fange ich im nächsten Frühling an? Schon bei dem Gedanken daran fühlte er ein wärmendes Gefühl in seiner Magengegend.

Wieder einmal erholten Lena und David sich in Italien, in der Versilia im kleinen Dorf Capriglia.
Die Briefträgerin kam mit ihrem kleinen Panda angebraust und überreichte David einen Brief. Es war eine Einladung zur Simon-Wiesenthal-Ausstellung in Wien im September 2015.
„Schatz, zum 10. Todestag von Simon Wiesenthal gibt es eine Podiumsdiskussion in Wien. Kommst du mit?"
„Musst du darüber schreiben?"
„Nein, als Betroffener bin ich eingeladen."
„Wie bitte? Als Betroffener? Du bist doch gar kein Jude! Entschuldige bitte, was soll das?"
„Ich verstehe kein Wort. Was willst du mir sagen?"
Lena legte entsetzt ihre Hand auf den Mund und meinte kleinlaut: „Liebling! Bitte sag jetzt nicht, dass du das nicht weißt? Ich glaube es nicht!"
Es wurde eine lange Nacht. David war wütend auf seine Mutter und erstmals schrie er im Beisein von Lena: „Wer bin ich denn? Ein krummer Itzig?"
Um fünf Uhr in der Früh, als der Morgen schon

graute, fuhr David ans Meer. Lena folgte ihm nicht sofort, sie hatte so eine Ahnung, wo er hinfuhr, zum Meeressteg in Marina di Pietrasanta. So war es auch. Später, als sie ihm nachfuhr, fand sie ihn dort. Lena wollte sich entschuldigen, doch David winkte ab. „Kannst du dir das vorstellen? Mein ganzes Leben wurde aus den Angeln gehoben. Mein Glauben und meine Liebe an meine Mutter. Meine Basis. Mein ganzes Weltbild bricht zusammen! Ich muss eine Zeit lang alleine sein und vielleicht auch länger. Vielleicht auch für immer. Wo ist mein Zuhause? Und warum wusstest du Bescheid und ich nicht! Warum? Wer ist mein Vater?"
„Schatz, wenn du dich beruhigt hast, erzähle ich es dir, aber nicht jetzt. Und ich habe dieses Geheimnis auch nur durch Zufall erfahren. Nur durch Zufall!"
David zog sich ein paar Tage in das Rifugio di Massa zurück, er war abwechselnd traurig, wütend und verzweifelt. Am vierten Tag rief er Lena an. „Komm bitte herauf zu mir, ich komme alleine nicht zurecht."
Lena fuhr gleich los und mit viel Geduld brachte sie David wieder zurück in die Realität.
Die beiden wanderten in wunderbare Gebiete und Schritt für Schritt kam David wieder in einem normalen Leben an. Dass seine Familiengeschichte nach Hintersee führte, in das schöne verträumte Salzburger Dorf, darüber war er nicht schlecht erstaunt. Und als er all die Zusammenhänge verstand und sich auch noch gut erinnerte an seinen leiblichen Vater, nämlich Josef, den lustigen Onkel aus Österreich, der seine Mutter ja manchmal in Italien besucht hatte, wurde ihm alles klar.
Er konnte sich auch noch genau daran erinnern, als die Todesnachricht von Josef kam, war seine Mutter wochenlang total zerstört und beinahe wäre sie

sogar zur Beerdigung nach Salzburg gefahren. David dachte, das wäre beispielsweise ein Zeitpunkt für die Wahrheit gewesen. Wann wollte sie es mir sagen? Wollte sie es mir überhaupt einmal sagen? Ich habe einen Seitensprung gemacht und Josef ist dein Vater. Oder: Ich habe meinen Mann betrogen, alles Lüge, Josef ist dein Vater. Du bist kein Jude! Gedanken über Gedanken: War deshalb die Todesanzeige von Josef beim Testament?
Liebevoll scherzte Lena mit David. „Deine Vorfahren gehen zurück auf Joseph Mohr! Ganz schön berühmt. Schatz, verzeih deiner Mutter, sicher hat sie sich oft Gedanken gemacht und wollte dir alles erklären."
„Es fühlt sich für mich an, als wäre es eine Szene in einem Traum."
„Verstehe ich, mir würde es auch so gehen."
Und dann lächelte sie David sehr liebevoll an. „Aber deine Verehrung zum Judentum musst du deshalb nicht aufgeben, und außerdem, mein Liebster: Jesus Christus war auch ein Jude!"
Das erste Mal seit langer Zeit lachte David wieder aus vollem Herzen und er umarmte seine geliebte Lena kräftig. So standen sie eine lange Zeit zärtlich umschlungen, in inniger Zweisamkeit mitten auf dem Waldweg. Sie lauschten dem fröhlichen Vogelgezwitscher, dem Rauschen der Blätter, das der Wind verursachte und beide atmeten sie im Gleichtakt.
„Wiesenthal ja oder Wiesenthal nein?"
„Kommt auf das Programm drauf an."
„Zu seinem 10. Todestag wollen sie anlässlich einer Ausstellung sein ganzes Leben und vor allem seine wichtige Arbeit zwischen Wien und der ganzen Welt vorstellen."
„Aufwühlend."

„Du weißt, er gilt als weltberühmter Aufdecker von all den Naziverbrechen und er hat sich lebenslänglich damit beschäftigt."
„Ja, ja, ich weiß!"
„Und bei der Podiumsdiskussion wollten sie mich dabeihaben."
„Wenn es für dich zur Aufarbeitung deiner Geschichte beiträgt, die ja wirklich nicht ohne ist, warum denn nicht?"
„Trotzdem?"
David fuhr nicht. Seine neue Lebensbasis beschäftigte ihn zu sehr, immer wieder fragte er sich: Warum? Doch Tag für Tag gewöhnte er sich an seine neue Vita.
Und er spürte plötzlich, dass es höchst an der Zeit war, ein neues Leben zu starten.
So gestand er seiner Lena, dass er mit dem Schreiben aufhören wolle. „Ich schreibe jetzt noch meinen letzten Artikel über die 4.000 Flüchtlingswaisenkinder, die in Italien in überfüllten Heimen leben und dann..."
Lena unterbrach ihn.
„4.000 Waisenkinder? Allein hier in Italien? Das glaube ich nicht."
Lena zeigte sich sehr entsetzt und schüttelte den Kopf.
„Doch, die 4.000 Kinder, über die ich schreiben werde, sind alles Waisen, deren Eltern auf der Flucht nach Europa gestorben sind. Zum Großteil Kinder aus Afrika."
„Wie schrecklich!"
„Das Problem ist, dass die Waisenhäuser viel zu wenig Platz haben, Europa wieder einmal schläft und Italien mit seinen Sorgen alleine lässt. Im Moment steht Griechenland im Mittelpunkt."
„Ich fasse es nicht. Hier gibt es so viele Arbeitslose,

es könnten sofort neue Häuser gebaut und Menschen beschäftigt werden, aber alles läuft schief. Gut, dass du darüber berichten willst. Aber wieso soll es dein letzter Artikel werden? Du willst wirklich aufhören?"
„Ja!"
„Das ist ja wunderbar. Endlich."
Lena scherzte mit David und umarmte ihn. „Schön."
„Ja. Ich habe sehr lange darüber nachgedacht und jetzt weiß ich es ganz genau. Ich will einen neuen Lebensabschnitt beginnen. Hier in Italien mit dir."
„Hier mit mir? Gehst du schon in Pension?"
„Besser."
„Mach es nicht so spannend."
„Ich arbeite in Zukunft bei Massimo im Weingarten mit. Und ich freue mich riesig darauf."
Lena sah David etwas verblüfft und sehr erstaunt an, sie sah seine leuchtenden Augen und sie hatte das Gefühl, sein ganzer Körper strahlte. „Ich muss mich an den Gedanken erst gewöhnen, aber wenn es für dich so eine große Freude ist, warum nicht? Ein Weinbauer? Ein richtiger Weinbauer?"
„Nein, Weinbauer ist der Massimo. Ich bin der Hilfsarbeiter!"
„Ja, also, ich sage, ich muss mich erst an deine neue Entscheidung gewöhnen. Aber wichtig ist, dass du dich über diese Arbeit freust."
„Und wie, liebste Lena, und wie. Und sobald wir Zeit haben, fahren wir bitte nach Salzburg, ich möchte in deiner Begleitung das Grab meines Vaters besuchen und auch das Dorf Hintersee."
Noch nie in seinem Leben hatte David besonderes Interesse an einer Familienforschung, doch jetzt wollte er alles wissen.
Und als er im kleinen, lieblichen Dorf Hintersee im

Museum die Gebetsbücher entdeckte, die vor langer Zeit sein Urururgroßvater Joseph Mohr verwendete, war er zutiefst beeindruckt und ziemlich demütig.
Lena und David quartierten sich im Gasthof Hintersee ein, genossen die wunderschönen Wanderungen entlang der Bäche und vorbei an den vielen Wasserfällen und ließen sich alle Köstlichkeiten, die es im Gasthof gab, ob sprachlich oder aus der Küche, gerne auftischen.
Bei einer Wanderung machten sie auf einer Bank mit Ausblick auf das liebliche Dorf eine Rast. David zog aus seiner Hosentasche den ziemlich abgenutzten, fast vergammelten Hirschhornknopf heraus und sah ihn nachdenklich an. „Kannst du dich noch daran erinnern, wie du ihn mir zum Abschied in die Tasche gesteckt hast?"
Lena wippte ihren Kopf hin und her. „So leise."
„Könnte es ein, dass der Knopf von hier stammt?"
„Warum nicht, wie du weißt, war meine Mama durch die Freundschaft mit deiner Mutter mit Hintersee sehr verbunden. Während des Krieges, als ihr schon weg wart, sind wir mit dem Fahrrad von Salzburg hierher geflüchtet, weil es in der Stadt so gefährlich war."
„Ihr habt auch mehr als genug erlebt und mitgemacht."
„Ich habe eigentlich alles in ganz guter Erinnerung. Meine liebe Mama hat mich sehr beschützt. Stell dir vor, nach dem Krieg waren wir ja noch oft hier in Hintersee, aber als es dann den Struppi und den Haflinger nicht mehr gab, hat es mich kaum mehr interessiert. Die Tiere waren scheinbar für mich wichtiger als die Menschen. Ziemlich arg."
„Wer war Struppi?"
„Ein Hund und ich liebte ihn."

„Schau, David, dort unten links, wo die große Linde steht, dort war deine Ururgroßmutter zu Hause." David schaltete sein Smartphone ein und fotografierte. „Ich bin ganz gerührt, dass mich meine Vergangenheit so beeindruckt und ebenso gefallen mir die Lebensgeschichte von Joseph Mohr und seine Motivation zu dem schönen Lied sehr gut."
„Du meinst seine Friedenssehnsucht, die er in dem Text so stark ausdrückt?"
„Ja. Ich las, als er den Text 1817 schrieb, war damals gerade die große Auswanderungswelle. Viele Tausende Europäer, die an den Folgen der Napoleonischen Kriege und an der wirtschaftlichen Not des Tambora-Ausbruches litten, sind vor allem nach Südrussland und in die Vereinigten Staaten von Amerika ausgewandert."
„Stimmt, dieser indonesische Vulkan verursachte durch seine enorme Eruption auch in Europa eine Klimaveränderung."
„Diese zwei regnerischen und kalten Sommer waren besonders in Gebirgsgegenden sehr gravierend. Also auch hier."
David machte ein paar Selfies gemeinsam mit Lena und meinte: „Bin sehr stolz auf meinen Ahnen. Er war ein Sozialreformer. Er gründete in Wagrain eine Schule, sorgte für die Armen und setzte sich für den Frieden ein."
Lena lächelte und sang plötzlich mit sanfter Stimme: „Stille Nacht! Heilige Nacht! Alles schläft; einsam wacht nur das traute heilige Paar. Holder Knabe im lockigen Haar…, dann summte sie die Melodie zu Ende. „Ein wunderbares Lied."
David nickte nachdenklich, deutete auf das Dorf und meinte: „Die Kirche passt so gut in diese Landschaft und der Turm zeigt eindeutig wo Gott wohnt."

Still saßen sie nebeneinander und genossen die schöne Aussicht, die wunderbare Bergluft und die Zweisamkeit.
David plötzlich: „Wollen wir nicht auch kirchlich heiraten? Sag, mein Liebling, wie denkst du darüber?"
Lena lächelte. „Du meinst hier in Hintersee? Eine gute Idee."
„Schade, dass unsere Mütter das nicht mehr miterleben können."
Lena nickte und sagte leise: „Freude und Leid liegen oft so eng beieinander."

Eva Maria Schalk,
geboren 1941 in Österreich,
Journalistenausbildung, lebt in Italien und
Wien. Die Autorin befasst sich mit sozialkritischen, kulturellen und historischen Themen,
setzt sich aktiv für einen humanen Umgang
mit Kindern und Jugendlichen ein und ist eine
engagierte Umweltschützerin.

Die wichtigsten Veröffentlichungen:

Theaterstücke: „Martin und die anonymen Täter", Salzburger
Landestheater und verschiedene Theaterstücke an Schulen.
Theaterwerkstätten mit Kindern und Jugendlichen.

Bücher: „Die Mühlen im Land Salzburg", Verlag Alfred Winter;
„Die Rettung der Erde" (Co-Autorin);
„Wege in die Natur" (Text), „Lebenslänglich – Eingesperrt
und zur Schau gestellt" (Text und Fotos),
„Hintersee, ein Kleinod im Salzburger Land",
Unipress Verlag;
„Chronik von Faistenau", Hillstein Verlag;
„Vorsorge und Heilung", novum Verlag
„Das wichtigste Kochbuch der Welt", tredition Verlag.
Kinderbücher:
„Mama! Wo bist du?" und „Strahlende Tieraugen",
Co-Autorin als Francesca Orso, Fotografin, Redaktion und
Gestaltung: „Der Zoowahnsinn von A–Z", Edition Anima –
PHOENIX.

Zahlreiche Publikationen (Text und Fotos) in Wochen- und
Tageszeitungen (beispielsweise „Salzburger Nachrichten").
Herausgeberin und Redaktion:
„Salzburger Kulturkalender" sowie den Jahreskalender:
„Das neue Gesundheitsbuch mit Mondphasen" (bis 2000),
Redaktion des TAURISKA-Magazins (bis 2005).